Memorias de un gato chino

José A. Mayayo

José A. Mayayo

Memorias de un gato chino

Edición e impresión por BoD – Books on Demand
info@bod.com.es – www bod.com.es
Impreso en Alemania – Printed in Germany

ISBN: 978-84-132-6313-7

Preámbulo

– Unos extraños cuadernos –

Me encuentro ante la pantalla del ordenador, tratando de poner en orden las ideas, que me permitan transcribir, unos viejos cuadernos que escribí al dictado, segun las indicaciones de mi gato. Aunque han transcurrido muchos años, los recuerdos de esa época se entremezclan con las dudas, sobre la autenticidad de su contenido.

¿Realidad o sueño? O es algo más sencillo, generado por la imaginación de un niño creativo, que a sus seis años se aferra a su amigo imaginario.

Sin permitir que las dudas me lleven a un terreno pantanoso, abro la hoja en blanco del procesador de texto, y comienzo a transcribir este primer cuaderno, tratando de contestar una pregunta:

— ¿Por qué he iniciado esta aventura?

Tal vez sea por impulso, o quizás tenga que ver un recuerdo nostálgico de la infancia. Posiblemente si deseo conocer la respuesta, deba recurrir a mi pregunta favorita cuando me encuentro ante un dilema sin salida:

—¿Cuántas veces gira un perro sobre sí mismo antes de acostarse?

El sonido que hacen las teclas va disipando la nebulosa, adentrándose lentamente por un resquicio, que da paso a recuerdos un tanto confusos, del momento en el que encontré aquellos cuadernos olvidados en fondo de un viejo baúl, en el que habían permanecido olvidados.

En un descanso se van reavivando las preguntas, surgen los recuerdos y no encuentro el aliciente que me haga realizar todo este trabajo. En la época en la que escribí estos cuadernos, no era un niño demasiado aficionado a dedicar un tiempo a la escritura, en detrimento de las horas dedicadas al juego. No encuentro otra explicación, sino la de que fue el gato quien me indujo a hacerlo. Todavía hoy me asombro al escribir esta historia tan increíble.

Lo que comencé debido a un impulso, que no pasaba de tratarse algo curioso, ha alcanzado una extensión más propia de un libro, que desconozco si verá la luz en algún momento.

La tranquilidad quedó rota por el sonido de tono del Rey Leon en mi teléfono; atendí la llamada, no sin mirar el número reflejado en la pantalla del móvil; el prefijo provincial junto al inicio del número, me permitió ubicarlo, y a pesar de ese detalle, no recordaba de quien se podría tratar. Tuve que esperar, a escuchar la voz de una mujer joven, se identificó, exponiendo el motivo de la llamada. No sé por qué broma del destino solamente recuerdo una frase:

—Su casa del pueblo, tiene que ser demolida, por peligro de derrumbe.

No negaré que en más de una ocasión había pensado en ello, debido al posible peligro de su hundimiento, por la cantidad de túneles y cuevas que minan todo el cerro, en el que los antiguos pobladores, construyeron sus viviendas.

La llamada hizo que me diese cuenta, de que había estado retrasando el momento de regresar. La ausencia de tantos años había abierto una brecha demasiado grande, en la que se debatían la realidad del presente y la nostalgia de la infancia.

Creo que la desgana por volver al pueblo era debida a que, con el viaje, desaparecía el último vínculo tangible, con mis recuerdos de infancia. Con la demolición de la casa, se cortaba el cordón umbilical con la tierra, en la que se encuentran mis raíces.

Y a pesar de todo ello, realicé el corto viaje, de apenas treinta kilómetros, con la sensación de estar atravesando el túnel del tiempo. Cada kilómetro recorrido, me introducjo en una época de mi vida carente de preocupaciones. Tratando de permanecer aislado de los recuerdos, aferre el volante de mi ya veterano Ford Focus plateado, como si se tratase de un reducto aislado del tiempo. Aunque tenía ligeras modificaciones, la tierra era la misma de siempre, su color rojo se incrementaba con las gotas de agua caídas durante lanoche. La única modificación, se centraba en el trazado de la carretera y los cultivos, que habían finalizado por sucumbir a los cambios introducidos por el uso de las máquinas.

Iniciaba una larga recta en la carretera, dándole amplitud al paisaje antes de tomar el desvío que me llevase hasta mi destino, el tráfico de turismos desapareció, para dar paso los tractores con los que me fui cruzando, tratando de descubrir rasgos conocidos, en los rostros jóvenes de sus conductores. Había pasado demasiado tiempo, lo que no había cambiado, era la curiosidad que mostraban al mirarme, tratando de adivinar quien sería aquel desconocido.

Procurando mantener la atención en el nuevo tramo que iniciaba, mi pie presionó con suavidad el pedal del acelerador, haciendo que el motor de mi coche rugiese con alegría, al comenzar un suave desnivel que me introducía en la calle principal, bien pavimentada.

Ataqué las continuas rampas, que modificaban el sonido del motor, creando una sinfonía, compuesta de la mezcla de rugidos suaves y ronroneos, hasta llegar a la zona más empinada, el interior del vehículo me ahogaba, obligándome a pulsar el botón que permite accionar el cristal de la ventanilla, descendiendo con un suave siseo.

El viento cálido, también era distinto, no traía el olor a las mieses recién segadas, ni a la tierra mojada por las gotas de lluvia. El motor volvió a rugir con fuerza, la inercia hizo que mi cuerpo se aplastase contra el respaldo del asiento, aspiré con avidez el viento cálido, que penetraba a través de la ventanilla, provocando que los recuerdos camparan a sus anchas.

Había transcurrido demasiado tiempo desde mi última visita, inevitablemente sentí la nostalgia de los familiares ausentes. El pueblo en el que viví en mi infancia había desaparecido, unos edificios nuevos, ocupaban el lugar de los antiguos, las casonas blasonadas se encontraban cubiertas por una cortina de estuco; mientras que otras muchas de aquellas piedras labradas habían desaparecido, dejando solares vacíos, invadidos por las plantas exuberantes, que les dan un aspecto de abandono, mientras que nuevos edificios habían sido construidos en las zonas llanas.

Todo aquel conjunto tan desconocido dibujaba una imagen deprimente, comparable de manera grotesca con la dentadura de un viejo desdentado. Alejé aquellos pensamientos aceptando el cambio efectuado, y pisé el pedal del acelerador para atacar la última rampa, más empinada y mucho más compleja que las anteriores.

Un pequeño giro que me permitía aparcar en un solar vacío, que se me antojó como una herida abierta, en la que se alojaba el fantasma de la antigua casona que ocupaba aquel mismo espacio.

El motor dejó de roncar lanzando un último estertor, que anunciaba el final del viaje. Solté el cinturón de seguridad, rozando de forma intencionada el bolsillo de la chaqueta. Sonreí al sentir la dureza y el peso de la llave antigua; tan solo un momento más tarde me disponía a introducirla en la cerradura y girarla para abrir la puerta, con un chirrido de queja, debido al tiempo transcurrido desde la ultima vez que había sido utilizada.

Al empujar la pesada puerta, me golpeó un intenso olor a humedad, y a edificio cerrado, una bofetada que me sacó del túnel para introducirme en una realidad paralela, en la que los recuerdos eran el hilo conductor, impregnado de sonidos y aromas a comida, que trataban de escapar por el borde de la tapa de los pucheros.

Borré todos aquellos recuerdos; no me había trasladado hasta allí, para dejarme arrastrar por la nostalgia, mi propósito consistía en comprobar si todavía quedaba algún objeto de valor, y retirarlo antes de que la excavadora realizase su trabajo.

El sonido que produjo la llave al girar me hizo recordar momentos pasados, durante la época estival, regresos de madrugada después de una noche de juerga, o simplemente de tertulias con los amigos a los que no había visto en mucho tiempo, tratando de que aquella misma llave no hiciera ruido al girar, antes de darme acceso al portal de entrada, desde donde me dirigía a la cocina para tomar un vaso de agua, para eliminar la pastosidad de la boca, después de una noche de fiesta. Una nueva puerta, cierra el acceso a la escalera de ascenso a las dos plantas superiores, subí rápidamente para abrir las ventanas, y llenar la casa de luz, permitiendo que penetrase el viento que arrastrase aquel olor a cerrado tan molesto, que incitaba al estornudo.

El panorama era desolador, telas de araña adornando rincones en el techo, grandes trozos de estuco caídos en el suelo, mostrando la piedra de la pared maestra. No podía hacer nada por aquel deterioro, mi objetivo se centraba en el desván, debía valorar si todavía quedaba algo de interés, los viejos libros o algún otro objeto que me atrajese lo suficiente para no permitir que desapareciese con los escombros.

Un último tramo de escaleras, y una nueva puerta, adentrándome en el mundo mágico de la infancia, daba paso al desván, que seguía manteniendo su magia, a pesar del tiempo transcurrido, reviviendo los aromas, que se fueron convirtiendo en imágenes, los *alorines* vacíos, continuaban manteniendo cierto olor al trigo y cebada almacenados después de la cosecha, un polvo de harina inexistente se pegaba a mí nariz, otro aroma mucho más agresivo, provocó que mi mente crease imágenes de carne adobada, y embutidos colgados por un cordón fino de algodón, para que se oreasen con el viento de la sierra, las varas que fueron usadas con tal fin, ahora vacías, colgaban de las vigas ennegrecidas por el fuego, que les ayudaba a combatir los ataques de la carcoma.

Me dirigí hacia un baúl antiguo, viéndome ante él, de rodillas en el suelo, tratando de levantar con esfuerzo la tapa curvada, unida al cuerpo por herrajes metálicos. Mantuve la tapa con una sola mano, a la vez que con la otra revisaba el contenido del baúl, uno a uno fui retirando los libros, los dejaba cuidadosamente a un lado como si se tratase de una reliquia, hasta alcanzar el fondo, en el que fueron apareciendo unos cuantos cuadernos, alguno de ellos sin completar, otros con una sola hoja escrita; y fue entre estos últimos encontré unos cuantos totalmente escritos, y bastante ajados, por el uso. Sus tapas de color crema mostraban manchas producidas por unas manos no muy limpias, los fui abriendo uno a uno, se trataba de cuadernos de doble rayado, entre las líneas paralelas discurrían las palabras de letra irregular, propias de un niño de corta edad, sonreí al ver los trazos borrosos de lapicero, y me dispuse a iniciar su lectura.

A medida que avanzaba en su contenido, fueron emergiendo los recuerdos, en los que me encontraba en aquel mismo lugar, tendido en el suelo, a mi lado ronroneaba aquel extraño gato, que había sido mi compañero de juegos durante los años de mi infancia, nunca llegué a conocer su edad, nadie supo su procedencia, los vecinos más antiguos del barrio, desconocían desde cuando vivía en la casa, había convivido con los anteriores dueños, quedándose en ella, cuando aquellos vendieron el inmueble a mis padres. Me sentía unido a él desde mi nacimiento, y según me contaron mis padres, comencé gateando junto a él, también fue quien me acompañó en mis primeros pasos, con él anduve por los tejados cercanos; entre saltos y gritos, recorríamos la casa juntos, y en otros momentos pasábamos muchos momentos debajo de una mesa camilla, ocultos por sus amplias faldas, la cocina era el lugar preferido por ambos, pasando momentos de ensoñaciones, subidos al amplio alféizar de una ventana cercana al tejado de otro edificio colindante. Ese mismo gato me enseñó la manera de sacar la carne del cocido mientras hervía el puchero.

Continué leyendo el texto del cuaderno, recordando el día en el que el gato decidió dictarme lo que había sucedido durante sus siete vidas. Mantuve la vista fija, en el título escrito en mayúsculas de trazos dubitativos, no pude contener el deseo de escuchar mi voz por última vez en aquella casa, haciendo que resonase con fuerza en el desván, una voz humana:

—MEMORIAS DE UN GATO CHINO

1 *Primer cuaderno*

Pronto desaparecería el último vínculo material que mantenía con mis orígenes. Y junto a él se iría la preocupación por el deterioro de la que fue mi casa familiar. Es posible que la demolición de la vieja casona que ya comenzaba a caerse a pedazos, hoy me produce calma.

Satisfecho por el convencimiento de haber tomado la mejor decisión, me preparo un café, tomo asiento en la silla giratoria de mi mesa de trabajo, y dispuesto para iniciar esta loca tarea, abro la carpeta que recogí en el viejo baúl y, entre sorbo y sorbo de café, inicio el primer cuaderno, intententando descifrar la letra irregular propia de mi corta edad, en la que se entremezclan mayúsculas y minúsculas con separaciones irregulares que dificultan su lectura;

Repaso cada párrafo una y otra vez, tratando de comprender con claridad el sentido de las palabras un tanto borrosas por el paso del tiempo.

Entre línea y línea, interrumpo la lectura con la sensación extraña, de que unos ojos invisibles me observan; un escalofrío recorre mi espina dorsal, ante la idea infantil de la necesidad de protección, lo que me obliga a mover la silla, para que mi espalda se mantenga cubierta por la librería. Con miradas distraídas a la puerta, mientras doy paso a la razón que trata de tranquilizar a mi mente asustada: «No seas niño, estás solo en casa»

Un movimiento inconsciente de relajación muscular hace que mi cuerpo se deslice, sintiendo el roce gratificante de mi ropa sobre la piel, respiro y tomo un nuevo sorbo del café, que comienza a enfriarse, continuando la lectura de las palabras ondulantes, que intentan no ceñirse a las dos líneas que les sirven de guías.

Línea a línea voy adentándome en aquellos momentos de la infancia; siento el calor del gato pegado a mí cuerpo, mientras que, entre ronroneos, va desgranando cada uno de los sucesos que fueron marcando sus largas vidas.

En un acto reflejo, me froto las manos y comienzo a aporrear el teclado de mi ordenador, dando inicio a la transcripción del cuaderno, —que todavía huele a polvo viejo— tomando la personalidad de aquel gato que me había dictado su historia en primera persona.

Paisajes, gatos y épocas fueron cobrando vida en mi mente, mientras trataba de mantenerme fiel al sentido de cada una de las palabras escritas en el cuaderno.

Ya he perdido la cuenta, del tiempo que ha pasado, desde que llegue a este mundo en un lugar muy lejano. En este momento me encuentro muy cansado sintiendo que se va acercando el final de mis vidas, y antes de que suceda, he creído oportuno relatar lo sucedido durante todas ellas, y para eso necesito la ayuda de mi pequeño amigo humano, para que tome nota de todos los recuerdos que estoy relatando.

Mi nacimiento se produjo en un momento incierto, no sé si era de día o nací durante la noche, recuerdo vagamente que sentía mucho frío; y después de permanecer un tiempo con los ojos cerrados, al abrirlos por primera vez, quedé deslumbrado por una gran masa blanca. No sabía que aquello tan blanco y tan frío, era nieve —conocí ese nombre mucho más tarde—, creo recordar, que sucedió en mi tercera o cuarta vida, al verme envuelto en otra masa de ese mismo color.

Tiritaba debido al viento frío que entraba por cualquier resquicio de la cueva, instintivamente me esforcé para acercarme cuanto pude al cuerpo de mi madre, con el vano intento de sentir calor y poder alimentarme. El frío y mi torpeza no permitieron que encontrase ningún pezón libre al que aferrarme en la ubre seca de mi madre.Todavia no sabía, si deseaba permanecer en este mundo, si era así debería estar dispuesto a luchar por mi subsistencia. Habíamos nacido nueve hermanos en el mismo parto, por arte de no se que tipo de magia, me tocó ser el noveno; —es decir — el más pequeño con los inconvenientes que conlleva.

Movía mi cabeza y maullaba desesperadamente en busca de comida, teniendo que descubrir por las malas la existencia de una ley no escrita. Debería esperar a que mis ocho hermanos mayores se saciaran, para que llegase mi turno para poder tomar la parte de alimento que me correspondía.

Se trataba de algo injusto, pero no podía hacer nada por modificar aquella ley, que todos ellos tenían grabada en su cerebro. La necesidad fue mi maestra y me enseñó a prestar atención, a que uno de los mayores dejase un pezón libre, aprendí a actuar con rapidez, era mi momento de reclamar las sobras, pero cuando eso sucedía y quedaba uno libre, mis hermanos lo habían exprimido quedando tan sólo unas gotas de leche, que tardaba de hacerlas llegar a mi boca, sin conseguirlo totalmente, las pocas gotas que caían en mi lengua, se perdían en la garganta, sin conseguir encontrar el camino que las llevase al estómago. Por más que mi lengua trataba de exprimir el pezón, no extraía nada, consiguiendo —y eso con mucho esfuerzo—, unas miserables gotas, y mi desesperación, debido al esfuerzo de extraer una cantidad mínima de unos pellejos vacíos.

El hambre era una fiera, que rugía en el interior de mi estómago, y también era mi maestra. Me enseñó a buscar con rapidez el siguiente pezón libre, para poder calmar aquellos extraños sonidos. Aprendí a distinguir el comportamiento de mis hermanos, alguno era más glotón que el resto, mientras que otros se saciaban nada más empezar.

A pesar de las quejas de mi escuálida panza, la paciencia se convirtió en mi compañera, alcancé el convencimiento de que debía permanecer en calma, vigilando atentamente al resto de la camada, en espera de que alguno se saciase; tal vez esa manera de actuar sea similar a lo que los humanos llaman paciencia, para mi se trataba de saber aprovechar las oportunidades, me mantenía agazapado en espera de que llegase el momento de actuar; aprovechaba a que alguno de mis hermanos se sintiera saciado, para introducirme con rapidez en tre ellos abriendo camino con la cabeza, ayudada por mi cuerpo que realizaba movimientos oscilantes para ocupar el pequeño espacio libre.

Esta maniobra me permitía alcanzar el pezón de mi madre con suavidad, tratando de no hacerle daño, para que no se enfadase y me retirase con su pata. El peligro de que ella se enfadase acarreaba el enfado de mis hermanos más fuertes. Ellos querían su ración de leche, conocía sus enfados y la manera en la que utilizaban sus pequeñas y afiladas uñas para golpearme.

¡Qué tiempos aquellos!

Dicen los humanos que lo que no te mata te hace más fuerte, y eso me sucedió a mí, supe que, para mamar y alimentarme, debería enfrentarme a mis hermanos, y darme prisa en atrapar el primer pezon que quedase libre, y que por regla general se trataba de la teta que contenía mayor cantidad de alimento, que hasta entonces habían sido de exclusiva propiedad de los más fuertes.

Pasaba el día confinado en aquel agujero, abierto en la falda de un monte en medio de la nada, en el que mi madre buscó cobijo, antes de parir. Se trataba de una auténtica madriguera que con seguridad había sido utilizada como paritorio en muchas ocasiones, por hembras de otras especies.

Cada mañana, después de habernos alimentado, mi madre salía en busca de comida, y volvía al agujero con las tetas cargadas con nuestro alimento. Era el momento de las guerras, amenizado con zarpazos y maullidos, hasta que mi madre, —una gran gata con la cara dividida en blanco y negro—, cerraba su ojo en medio del color blanco dejando abierto el que tenía en la parte de color negro, erizaba el pelo del lomo y emitía un sonido furibundo, indicando con claridad que no tenía ganas de aguantar nuestras peleas.

Aprendí que mientras ellos se peleaban, era el momento en el que podía adelantarme a mis hermanos, me aferraba con fuerza a uno de los pezones más cercanos a las patas traseras. Al recibir más cantidad de comida, me fui fortaleciendo, pudiendo aguantar mucho mejor los empellones de mis hermanos más fuertes, que comenzaron a retirarse antes de ser alcanzados por mis uñas.

Pasaron los días y la nieve se fue derritiendo, el sol comenzó a calentar secando la tierra, hasta que una mañana ocurrió algo distinto, mi madre no salió en busca de la comida, extrañados, o tal vez asustados ante lo que nos resultaba incomprensible, comenzamos a emitir maullidos. La experiencia nos decía que las salidas de mi madre estaban relacionadas con el incremento de comida. Asustados ante lo desconocido, continuaron los maullidos ensordecedores de mis hermanos, comencé a mirarlos divertido.

Recuerdo que pensé «tienen miedo, se creen valientes cuando se enfrentan a los pequeños, ahora se harán pis». Como todos los demás, desconocía los motivos de mi madre para ese comportamiento. Era el momento de abandonar el refugio, y enseñarnos el exterior de la madriguera, mientras tanto, esperé a ver cómo reaccionaban. Un bufido de mi madre hizo que nos agrupásemos tras ella, pudiendo descubrir lo que supone haber nacido el último de una camada. No tenía los mismos derechos que mis hermanos.

La juventud suele acompañarse por el atrevimiento y la pocas ganas de reflexionar, y como de esos dos ingredientes me encontraba bastante cargado, traté de utilizar mi destreza recién adquirida, coloqué mi cuerpo delgado y pequeño junto a las patas de mi madre esperando, que el resto de mis hermanos se colocasen detrás. Al mismo tiempo, los observé convencido de ser más hábil que todos ellos juntos. La soberbia creciente, hizo que me olvidase de la capacidad que tenía mi madre de ver sin la necesidad de mirar, era demasiado joven y no sabía que las madres están provistas, de un extraño poder de reconocimiento de todos y cada uno de sus hijos. Con tan solo su mirada escuché su reprimenda:

—Tu puesto está al final. Tus hermanos son más fuertes. Eres demasiado débil.

Aún hoy después de tanto tiempo, mantengo el recuerdo doloroso de esa mirada, con la que me hizo comprender que nunca llegaría a sentirse orgullosa de mi. Cabizbajo me dirigí hasta el lugar que me correspondía, el número nueve, lo que supuso tener que pasar por delante de mis hermanos y hermanas que me enseñaban sus dientes con desdén. El agujero en el que había nacido era todo mi mundo, hasta aquel día no había sentido lo que suponía ser el último de la fila, el paria despreciado por todos.

Me sentía muy solo y desgraciado, lamentándome mientras nos dirigíamos hacia la salida. No quería seguir adelante junto a ellos, y tampoco me importaba mucho a qué lugar quería llevarnos mi madre. Escuché el alboroto que organizaban mis hermanos, y los maullidos de mi madre instándoles a mantener el orden, con la obligación de prestar atención a sus enseñanzas.

Se fueron alejando, mientras tanto, busqué un rincón acurrucándome en él, colocando mis patas sobre la cabeza para cubrirme con ellas. No quería acercarme a quienes me consideraban inferior, mi gato interior, se dedicó a ir desgranando una letanía de lamentaciones.

—¡Eres más listo que todos ellos!

—Tú madre cree que no harás nada de provecho.

—Seguramente que eres un hijo no deseado.

Limpiándome las lágrimas emití un maullido que yo creía lastimero, pero que en realidad fue un grito iracundo:

—¡Cállate! ¡Deja que muera de una vez!

Continué con la cara pegada al suelo emitiendo ronroneos entrecortados, hasta que me di cuenta de que se había hecho el silencio. No oía a mis hermanos, tan alborotadores un rato antes. Levante la cabeza, mis orejas se volvieron puntiagudas intentando captar algún sonido. El silencio fue mi único interlocutor. Tan solo escuché algún trino de pájaros, pero no pude captar ningún sonido de mis hermanos.

¿Preocupación?

¿Sorpresa?

¿Curiosidad?

Todavía no he descubierto si se trataba de una de estas emociones, o de todas ellas juntas. La curiosidad me hizo olvidar los lamentos, me puse en pie de un brinco, para dirigirme lo más rápidamente posible a la salida.

Me paré de golpe al recibir el impacto de la luz del sol. Deslumbrado, cerré los ojos durante un buen rato. Al abrirlos quedé asombrado ante el paisaje con tanto colorido, había desaparecido aquella masa fría y blanca, ya no hacía frío, el sol se encargó de transmitirme alegria, en un momento me olvidé del agujero. ¡Qué grande era aquel mundo! ¡Es mucho más bonito y apetecible que la madriguera!

Absorto por el espectáculo, la tristeza anterior pasó a un segundo plano, desapareciendo junto a la oscuridad del agujero, mis ojos fueron adaptándose a la nueva realidad, por primera vez estaba viendo pájaros, flores, el cielo azul, y árboles lejanos; mi primera sensación fue la de correr y brincar, juguetear con las briznas de hierba. «¡Habían desaparecido las paredes!».

Nunca había visto algo tan grande, sin mover la cabeza podía ver una gran extensión de terreno como nunca lo hubiera creído. Dejé de saltar al ver un pequeño ser multicolor acercándose volando, batía unas alas de colores transparentes, realizando extraños movimientos para trasladarse; subía y bajaba oscilando, mientras flotaba en el viento.

Con anterioridad, había visto pájaros acercarse a la entrada de nuestra vivienda, disfrutaba viendo a mi madre persiguiéndolos, hasta que en algún momento lograba atrapar a uno, pero no había visto a ningún ser como aquel, más parecido a las hojas de los árboles flotando hasta caer al suelo, que algún otra especie de animal conocido.

Más adelante supe que se trataba de una mariposa, —en ese momento no me preocupó —, solamente veía a un extraño ser que me invitaba a jugar, algo similar a lo que hacían mis hermanos. Si uno se veía atraído por una oruga, siempre había otro que se apresuraba a saltar para arrebatársela.

Sin pensar en que mi madre y mis hermanos se habían ido, comencé a jugar con la mariposa, salté para atraparla, cuando parecía caer al suelo, sin darme cuenta de que tan sólo era un truco para incitarme a continuar jugando; mientras que una vocecita resonaba dentro de mi cabeza:

—Atrápame —Después de una risita continuó. —Atrápame... Atrápame...

Pase un buen rato entretenido en aquel juego, entre gritos, saltos y carreras; tocaba las tenues alitas que soltaban una lluvia de polvo coloreado, que me hacía estornudar al caer sobre mi hocico.. Pasó el tiempo y el juego comenzó a aburrirme.

Sentí hambre, descubrí que tenía un problema. Mi madre no estaba conmigo, no sabía cómo podría encontrar comida. Nuevamente la vocecita volvió a sonar en mi interior:

—Mira bien en tu entorno, observa a los otros seres, ellos también buscan su comida.

Creí que se trataba de un nuevo juego, nunca había tenido que buscar comida, y tampoco sabía cómo hacerlo. Miré sin ver nada que me diera una pista satisfactoria, bajé la vista entristecido, lamentándome de no haber ido con mi familia:

—Seguro que mis hermanos han comido, ahora tendrán la panza llena.

No los había visto regresar, y creí que cuando lo hiciesen traerían el producto de la cacería, Yo recibiría una reprimenda de mi madre, y sería el último en comer, pero al menos podría calmar un poco él hambre con las sobras.

La tardanza de mi familia me hizo creer que no regresarían, no tenía nada para comer, y la mariposa había dicho que prestase atención a lo que pasaba en mi entorno. Miré al suelo y me fijé en una hilera de hormigas, que una tras otra marchaba cargadas de unos granos de trigo. Las miré durante un buen rato hasta convencerme de que aquellos granos eran parte de su comida.

—¿Y si pudiera comer lo mismo que ellas?

Las seguí con la mirada, hasta llegar al punto en el que cargaban su mercancía, llegué hasta aquel punto para observar cómo nuevos insectos continuaban cargando con aquellos extraños granos, los olisqueé y después de pensarlo un poco, saqué la lengua para acercarla al pequeño montón de trigo, tratando de comprobar su sabor. ¡Sorpresa!

Aquellos pequeños granos se quedaban pegados a mi lengua; al sentirlos en mi boca, opté por masticarlos hasta crear una masa que se pegaba a los dientes, se trataba de algo muy suave, con un sabor totalmente distinto de la leche de mamá, pero estaba bueno, lo mejor era que podía tragarlo sin dificultad, también lo acompañaron algunos granos enteros, volví a comer más de aquello, dándome cuenta de que calmaba el hambre. Continué comiendo hasta agotar los granos, aún deseaba comer más, y busque para comprobar que procedían de una planta, provista de una cabeza en la que guardaba este nuevo alimento. Llegué a la deducción de que si era bueno comer aquellos granos. ¡A lo mejor también podía utilizar en mi dieta aquella cabeza de la planta!

No lo pensé mucho más, — sin saberlo aquella decisión pudo costarme la vida— mordí la flor que se pegó a mi lengua, al tragarla, descubrí que esa cabeza tenía unas patitas largas que se fueron clavando en mi garganta, comencé a toser y lo que me había parecido una flor, seguía andando por mi garganta, provocando que todo lo que había comido saliera por mi boca arrastrando aquella extraña flor, —que hoy con más conocimientos se que las personas llaman espiga— junto al vomito la expulsé liberando mi garganta, respirando con libertad.

No quise saber nada más de aquella comida, cargada de las terribles espigas, que me habían producido más dolor que los golpes de mi madre o los desprecios de mis hermanos. Deseaba volver al agujero que era mi hogar, y en el que, a pesar de los ataques de mis hermanos, me sentía seguro. Cansado de juegos y nuevas experiencias, me dirigí hacia la madriguera. Mi madre había llegado, y la vi en la entrada, esperando a que apareciese, al verme correr arqueó el lomo y erizó el pelo de su cuello, creyendo que me perseguía alguno de nuestros enemigos.

Nada más verla, sentí que me esperaba una reprimenda, me acerqué a ella mostrando mi imagen más convincente que supe, como un gato bueno ronroneé y comencé a frotar mi cuerpo con sus patas delanteras. La estrategia no me sirvió de mucho, la zarpa de mi madre me retiró de un golpe, que enfadada por mi desaparición me habló con su mirada más temible:

—No has venido con tus hermanos, ellos han aprendido a cazar. No podrás alimentarte por ti mismo. Te espera un mal futuro como gato doméstico.

Quedé desolado ante la reprimenda, mis hermanos se asomaban a la entrada del cubil, y vi en ellos miradas de satisfacción por aquella regañina. No sabía qué hacer, y mucho menos si debería decir algo en mi defensa. Supe que no podía hacer nada, al oír a mi madre alejarse mientras decía:

—Eres tan inútil como tú padre. Pero al menos sabía pelear.

Esa es la última imagen que recuerdo de mi familia, quedé en medio del campo totalmente solo. Mi madre no me quería, creo que ese detalle tampoco me importaba mucho. No me costó asimilarlo, aquel era el único mundo conocido, tendría que buscar un lugar para crear mi nuevo hogar.

Tomé una decisión que creí importante, había probado aquellas semillas, y a partir de entonces aprendería a cazar. Me erguí todo lo que pude sobre mis patas traseras, tratando de aparentar la altura de un gato adulto.

—Ya soy mayor, tendré mi propia casa y daré envidia a mis hermanos.

Nuevamente apareció la mariposa revoloteando, y escuché:

—Atrápame

Sin apenas proponérmelo, comencé a corretear y saltar, traté de atraparla, otra vez el polvo de sus alas cayó sobre mi cabeza, lo aspiré y aunque no estornudé, sentí que subía cosquilleando hasta el interior de mi cerebro. Sin darme cuenta fui alejando de aquel lugar, en el que se encontraba el agujero en el que había nacido, y hasta ese momento había sido mí hogar familiar. Mi historia comenzaba a mezclarse con otras de personas que no conocia, y quiero que sea Léi húdié[1] quien lo relate.

Hijo único

Con el permiso de mi compañero de viaje Ninu, el gato que me permite utilizar su cuerpo, para poder transmitir el conocimiento que me legó mi maestro Quan, relataré la parte de la vida que pude compartir junto a él, ahora el comenzaré relatando mi vida y los motivos que me llevaron a conocer a este gato Ninu.

Nací en una pequeña aldea del norte de China —tal vez sea pretencioso llamar aldea a unas pocas chozas de pastores—, protegida de los fuertes vientos por las montañas Yan, y al amparo de ataques extranjeros por la gran muralla, solamente las tribus del gran desierto conocían caminos y desfiladeros, que usaban para atacar a nuestros pastores.

---

[1] Mariposa del Trueno

Mis padres habían contraído matrimonio a una edad avanzada, estaban convencidos de que no tendrían hijos. Al quedar mi madre embarazada, todos los habitantes de la aldea se alegraron viendo este hecho como un signo de buena suerte para el poblado, la población estaba envejeciendo. Hacía años que no nacían nuevos niños, y los ancianos que formaban el consejo estaban preocupados debido esta circunstancia, que amenazaba con la desaparición de la aldea.

Vine al mundo a la hora del dragón, de un día de invierno. Toda mi familia paterna se dedicaba al pastoreo, motivando que al llegar la primavera, mi padre desaparecía de casa con sus rebaños, para regresar a casa con la caída de las primeras nieves, lo que le permitió estar presente en el momento de mi nacimiento, y realizar la ceremonia de presentación, que según me contaron, consistía en alzarme sobre su cabeza para ser mostrado a los dioses, después me frotó con la nieve virgen caída durante la noche y me puso el nombre de Dúshēngzǐ, —Hijo único— porque según dijo la partera, mi madre no podría tener más hijos.

Pasaron los años, crecí y fui consciente de las idas y venidas de mi padre, al llegar la primavera marchaba con el rebaño a la montaña, para regresar a la aldea con la llegada del invierno. Durante el tiempo que mi padre permanecía en casa, me enseñaba el manejo del palo, a observar a los pájaros y a montar a caballo, repitiendo en todo momento:

—Tendrás que aprender a defenderte de los yurchen,[2] deberás enfrentarte a ellos cuando intenten llevarse tus rebaños.

Los yurchen, era un pueblo nómada, desde sus tierras del norte, se dedicaban a realizar incursiones. Atravesaban las montañas, con sus pequeños caballos habituados a moverse los

---

[2] Pueblo manchú

caminos estrechos, transitados por cabras para llegar hasta nuestras tierras, arrasarlas tras robarnos el ganado se llevaban a las mujeres y a los niños, para incrementar sus tribus.

Durante los primeros años de mi vida demostré mi habilidad para aprender técnicas de lucha, al palo le siguió el manejo de aperos de labranza, el hacha fue una de mis preferidas, con la que alcancé bastante destreza en su lanzamiento, y a medida que iba creciendo pude entrenar con una lanza vieja de mi abuelo. Pero la mayor sorpresa, la tuve el día de mi décimo cumpleaños.

Mi madre estaba esperando que me levantase de la cama, llevaba en sus manos un envoltorio, que al desenvolverlo resultó ser una pequeña jian de dos filos, con empuñadura de asta de cabra.

Quedé asombrado, mi primera impresión fue sacar la espada de la camisa de piel de cabra bien engrasada. Todo lo demás había desaparecido, me sentía como en una nube; escuché la voz lejana de mi madre:

—Está espada perteneció a mi padre, la tendrás que limpiar y como decía tu abuelo, no la extraigas de su vaina si no estás dispuesto a utilizarla.

Traté de asimilar lo que me acababa de decir mi madre, tenía ganas de enseñársela a todo el mundo, limitándome a mirarla, sin decir ni una palabra para no recibir una reprimenda si la extraía de la vaina.

Escuché la risa de mi madre al ver mi indecisión:

—Deberás extraerla si quieres limpiarla, después tendrás que engrasar la hoja y la vaina. La humedad puede dañarla.

Resignado, fui a recoger la piedra arenisca que guardaba en un cobertizo, y que utilizaba para afilar el hacha y la guadaña, con la que frotaba el metal, hasta hacerlo brillar, eliminando las

melladuras y el óxido, para mantener el filo dispuesto para el corte. Se trataba de una labor monótona que me permitía dejar volar los pensamientos hasta lo alto de las montañas.

Me dejé llevar por aquella sinfonía chirriante, que producía el roce de la piedra con la hoja de la espada, sintiendo que se tenía mejor sonoridad que la música, de pipa, que interpretaba un vagabundo ciego, a cambio de comida o en el mejor de los casos, por unas pocas monedas. Las viejas manchas de óxido producido por la sangre seca incrustada desde hacía años comenzaron a desaparecer, de la superficie de la espada, permitiendo que aparecieran unos caracteres grabados, que me hicieron dejar de limpiar la espada, para memorizar aquellas palabras. 龍舌 «Lengua de dragón», no deje de repetir una y otra vez entre dientes estas, palabras hasta que quedaron grabadas en mi mente.

Al ver el nombre que alguno de mis antepasados había mandado grabar, vinieron a mi mente las historias antiguas que contaba mi madre en las noches de verano, creyendo que aquello que tenía en mis manos, era una espada mágica.

Dediqué un buen rato en admirar el brillo de mi espada, imaginando que así pudo ser cuando la forjaron. Tan abstraído me encontraba admirando el arma, que no vi a mi madre salir de la casa, dirigiendose hacia donde me encontraba, hasta que no sentí su mano sobre mi hombro, y sin decir una sola palabra; me entregó un saquito de comida, una chaqueta de piel de oveja y un gorro,de la misma piel, ambas prendas eran muy útiles para la protección del agua y el frío. No necesitábamos hablar para comprenderlo, ya tenía diez años, había dejado de ser un niño, acepté que iniciaba para mí una nueva etapa de mi vida.

Desde la partida de mi padre a la montaña, sabía que más pronto que tarde, llegaría el momento de la separación, conocía

el deseo de mi madre de ponerme bajo la tutela de Jian Wuji, su tío lejano, capitán de un grupo de mercenarios, dedicado a la protección de caravanas. Recogí todo lo que traía mi madre, y pugnando por qué no brotasen las lágrimas, me despedí de ella, y sin mediar palabra me dirigí hacia el cercado, en el que pastaba mi pequeño y peludo caballo de montaña, hijo de una yegua yurchen, con el que me crie y aprendí a montar al mismo tiempo que aprendía a andar.

Me dolió no poder despedirme de mi padre, aun sabiendo que se hubiera opuesto a mi partida. Por otro lado, pensé que lo vería a mi vuelta, cuando tuviese dinero suficiente para que no tuviera que marchar a la montaña con el rebaño. Contrataríamos a un pastor dispuesto a realizar ese trabajo.

Con el transcurso de los años se que en ese momento quería disculparme por no haberme despedido de él, conociendo lo entusiasmado que se encontraba, creyendo que en la temporada siguiente iríamos juntos a la montaña.

No puedo decir que me sorprendiera la decisión de mi madre; hacía ya tiempo que conocía ese deseo de que fuese con su tío para, iniciarme en el oficio de guarda de caravanas. Ponía como ejemplo al hermano de su padre, alegando que poseía una casa con sirvientes, logrando posición y una gran fortuna, mientras que nosotros teníamos que trabajar mucho para poder comer medianamente bien. Me agradó la idea de iniciar esta aventura, sin que por eso me extrañase la decisión de mi madre para lo que no había contado con los deseos que pertenecían por ley solamente a mi padre.

Conocía el camino que seguían las caravanas, lo seguí y llegué con mi caballo a la casa de postas, uniéndome a un pequeño destacamento de soldados que vigilaban la ruta. Tuve que esperar dos días hasta que a la mañana del tercer día vi a lo lejos una columna de polvo que se agrandaba al ir acercándose, ocultando en su interior una reata de camellos peludos, protegidos por guardas a caballo protegiéndolos por ambos lados.

Esa misma mañana conocí a mi tío, sorprendiéndome al saber que mi madre le había enviado una carta en la que me describía, diciéndole que era portador de la espada «Lengua de dragón», que me pidió para cerciorarse que era su pariente. Tras la comprobación, fui aceptado como sirviente, pasando al servicio de todos los miembros del grupo de escoltas, los principios fueron duros, además de sirviente me convertí en un aprendiz con muchos maestros, teniendo que estar pendiente tratando de adivinar lo que necesitaba cada uno de ellos.

Pasé el tiempo montando y desmontando los campamentos, en el intermedio, siempre había un guarda que me obligaba a ejercitarme en la lucha, y en la estrategia a seguir en caso de un ataque de bandidos.

Al año siguiente, tuvimos que proteger a dos caravanas en tramos de camino peligrosos, en los que pude demostrar que las lecciones recibidas, habían dado su fruto. Como sirviente encargado de los suministros, viajaba en el tren de retaguardia, entre carretas, mujeres, y el resto de los sirvientes. Debido a la dificultad del terreno, las carretas tiradas por bueyes fueron retrasándose, los gritos de ánimo de los carreteros, unido al sonido de los látigos y el polvo del camino, nos impidió descubrir a una partida de bandidos dirigiéndose hacia nuestra posición con rapidez. No dudé en dirigir la defensa junto a los sirvientes, aguantamos el ataque, hasta que llegaron a prestarnos ayuda, una docena de guardas, poniendo en fuga a los asaltantes, no sin haber dejado a unos cuantos muertos o heridos.

Llegamos a Samarcanda, con una caravana, de sedas y especias, con destino a la lejana tierra de Da Qin —Nombre con el que era conocido occidente y en especial el Imperio Romano— Me hubiera gustado continuar viaje y ver un país tan exótico.

Jian Wudi —mi pariente—, me acogío en el grupo de hombres de confianza, como un sirviente de hombres selectos del grupo de guardias, convirtiéndose en mi maestro de espada. Durante los momentos de calma aprendí a luchar, a leer y escribir en tres idiomas, me trató como si hubiera sido el hijo que nunca tuvo. Ya en Samarcanda, pasamos un tiempo hasta que nos contrató un nuevo comerciante para que protegiésemos su caravana, transportando aceites, vinos, y otros productos desconocidos en nuestra tierra, fue durante este tiempo de espera, cuando me contó que mi padre había muerto a manos de los salteadores yurchen. Ese y no otro había sido el motivo por el que mi madre decidiera ponerme bajo su tutela.

La noticia de la muerte de mi padre hizo que comprendiese la decisión de mi madre, y a la vez me dejé dominar por la ira, escondiendo un dolor que me era imposible manifestar en público, pasaba las horas entrenando duramente para no pensar, golpeaba con fuerza imaginando que al otro lado de la punta de la espada se encontraba un yurchen, hasta tuve que moderar los golpes para no herir a quienes sólo pretendían adiestrarme en la lucha.

Al ver mi comportamiento, mi tío preocupado, me vigilaba de cerca, y procuraba distraerme, durante los momentos de descanso, le gustaba relatarme aventuras de su vida, con anterioridad a la actual ocupación. Gracias a esos relatos me enteré de que desde su más tierna infancia y hasta que cumplió los quince años, permaneció en el monasterio de los montes de Wudang.

Después de una buena comida, su único lujo consistía en degustar unas copas de *Baiju*[3] de una calidad excepcional, en esos momentos de descanso, se dejaba arrastrar de manera morbosa por un estado de nostalgia melancólica, en el que constantemente hacía la misma promesa:

—Al regresó de Samarcanda, iremos a Wudang, para que veas otras tierras, y unos paisajes inolvidables, y puedas medir tus conocimientos con grandes guerreros.

Desde que Jian Wudi me comunicara las circunstancias de la muerte de mi padre, le pedí que me enseñase nuevas técnicas de espada, utilizando gran parte de mi tiempo libre, en perfeccionarlas. Al mismo tiempo crecía mi ira y las ansias de venganza, hasta el punto en que mi tío llegó a preocuparse muy seriamente por mi comportamiento, y trataba de prevenirme:

—La ira no es buena en una confrontación. Puede llevarte a la muerte.

Era un joven demasiado impetuoso y no preste demasiada atención a sus palabras. Al final del viaje, al ir acercándonos al río Amur, en pleno territorio yurchen, pedí a mi tío que me permitiera adelantarme un tramo para encontrar el punto del rio que nos permitiese vadearlo con seguridad.

Me escuchó atentamente, dudó durante un buen rato, antes de valorar mi propuesta. Me miró de una manera ausente, y aunque no pude saber cual era el motivo de su duda, me dio su aprobación, no sin hacer unas breves observaciones:

---

[3] Licor de alto contenido alcohólico destilado a partir de sorgo y otros granos fermentados.

—De acuerdo, ve con cuidado, y no te arriesgues.

Me sentí contento, aquella primera salida en solitario me estaba demostrando que mi tío me consideraba como uno más de los guardas. Esta salida en solitario era mi bautismo como observador.

En esta salida tendría la oportunidad de realizar un entrenamiento con mi nueva arma recién incorporada, muy útil para aquel territorio tan peligroso. Se trataba de un arco compuesto, comprado a un mercader que dirigía sus caravanas desde la India, al adquirirlo, el comerciante me enseñó una moneda de oro, en la que se veía al arquero disparando, en un giro casi imposible mientras cabalgaba y dirigía su montura con las rodillas.

Tras aquel, primer día de avanzadilla para inspeccionar el terreno, vinieron otros muchos, en los que continué esta nueva actividad. Era consciente de que deberíamos avanzar con cuidado, nos estábamos adentrando en territorio hostil. Con el agravante de que deberíamos penetrar en un paisaje montañoso e inhóspito, en el que abundaban los desfiladeros de paredes rocosas.

Nos encontrábamos muy cerca del territorio de pastos de verano de mi padre, una parte de mí deseaba pasar a la falda sur de esas mismas montañas, y la otra pugnaba por encontrar a quienes lo habían asesinado.

Esta cercanía hacía que cada mañana, sintiera la ira apoderándose de mí. Necesitaba matar, sentirme bañado por la sangre de cuantos yurchen me encontrase, y con esa finalidad cabalgaba y disparaba mi arco, tan manejable y potente al mismo tiempo. Una vez hechos unos cuantos disparos, me entretenía en recoger todas flechas me era posible, se trataba de una labor tediosa pero necesaria, no podía permitirme el lujo de perder excesivas saetas.   Pasaba el tiempo de la recogida, bendiciendo la previsión de mi tío, al comprar una cantidad importante de puntas de flecha bien forjadas. Absorto en la venganza, no fui consciente de la preocupación tan patente en mi tío, al creer que mi comportamiento podía poner en peligro la seguridad de la caravana.

Nos quedaba una jornada para alcanzar el último desfiladero que daba paso al Gran Desierto, en previsión de lo que pudiera pasar dirigí mi pequeño caballo por los senderos cercanos a la cima, para ampliar el campo de visión y descubrir una posible emboscada.

Al nombrarme ojeador, había recaído sobre mí inexperiencia la seguridad de la caravana, de mi vigilancia dependían hombres y mercancías, inconscientemente comprobé mis armas, busqué la alforja que siempre llevaba colgada a la grupa del caballo, y mi frente se perló de sudor. Aquella mañana había sido descuidado, sólo pensaba en que estaba finalizando el viaje y no había matado a ningún yurchen. En ese momento comprendí las palabras de mi tío:

—El odio nubla la razón. En un enfrentamiento vacía tu corazón de odio y analiza todas las posibilidades, después actúa.

Desee, que no se cumplieran mis deseos de venganza, y terminásemos el viaje sin recibir ataques. Pero está visto que los hombres proponen y son los dioses los que disponen lo que ha de suceder. Desde mi posición en la cumbre, vislumbré una nube de polvo acercándose a la caravana por el lugar más inesperado. Trate de que mi caballo se apresurase a realizar un giro rápido para iniciar el retroceso por el mismo sendero que acabábamos de recorrer. Tenía la necesidad de avisar a mi tío del peligro que estaban corriendo y no disponía de la alforja en la que llevaba yesca un pedernal y un eslabón, y con las matas verdes podría hacerles unas señales de humo convenidas, para avisarles del peligro.

Animaba con los talones, a mi caballo para que se esforzase en aquel descenso infernal, la ira había desaparecido, para dar paso a la necesidad de llegar a tiempo, por un momento olvidé el traqueteo del caballo, y por primera vez conocía lo que era sentir angustia, por lo que pudiera pasar, pasé el resto del descenso, rogando a los dioses que me permitieran llegar a tiempo.

Todavía no alcanzo a comprender, como pude realizar el descenso sin que una piedra hubiera provocado la caída del caballo, arrastrándome en el accidente.

El mérito de no sufrir un accidente fue de aquel pequeño caballo, que medía cada lugar en el que colocaba sus cascos, con la seguridad de quien conoce perfectamente cada uno de los accidentes del terreno. Hombre y caballo unidos, formábamos un solo cuerpo, y mi locura ante la cercanía del combate, hizo que aflojase las riendas, permitiendo que fuera él quien marcara el ritmo, que parecía ser consciente de que necesitaba que realizase un esfuerzo más.

El caballo parecía comprender lo que se necesitaba de él, imprimiendo un ritmo creciente en su galope, permitiéndome montar el arco, en el momento en que comenzaba a oír los gritos de los hombres, el entrechocar de espadas, y los bramidos de los camellos enfadados.

El golpeteo de los cascos de mi caballo en el suelo de tierra reseca, marcaba la distancia de tiro, proporcionandome tiempo y distancia en la trayectoria de los proyectiles. Sin dudarlo y como si me tratase de un autómata, abrí los dedos dejando libre la primera flecha, que partió rauda buscando su objetivo, que debido al entrenamiento tenia la seguridad de hacer blanco.

Sin necesidad mirar que la flecha había alcanzado el blanco elegido, modifiqué mi ángulo de tiro mientras tensaba nuevamente el arco. Mi caballo se introducía entre los cuerpos desparramados por el suelo, lancé unas cuantas flechas más, y pude ver como el grupo de atacantes yurchen comenzaba a sentir pánico, al ante los aciertos de quienes creían que se trataba de un grupo de atacantes desconocidos.

Había llegado a tener a los bandidos al alcance de mi espada, colgué el arco en mi espalda, y al mismo tiempo que dirigía al caballo con las rodillas, blandí mi espada «Lengua de dragón», alzándola por encima de la cabeza, preparada para dar tajos y abrir una brecha en la primera fila de mis enemigos, la sorpresa al recibir un ataque por la espalda, hizo que se separasen, lo que me permitió introducirme en el centro del círculo formado con los camellos, se trataba de la zona en la que se producían los ataques más duros, por parte de los salteadores, conocedores de que si se hacían fuertes en ella, tendrían en su poder toda la caravana.

Dominado por el odio, me convertí en un ser enajenado, ¡necesitaba bañarme en sangre! Grité, maldije y maté a quien se puso al alcance de mi corta espada. El arma que perteneció a mi abuelo, «Lengua de dragón» el nombre le hacía honor, y como si se tratase de la lengua de un ser mitológico, se introducía en el cuerpo de los enemigos. Este ataque inesperado hizo que los yurchen, se retirasen, al ver que el ánimo de los defensores de la caravana tomaba nuevo ímpetu.

Descabalgué de un brinco y busqué a mi tío. Los guardias que todavía quedaban en pie fueron abriendo camino a mi paso, en medio de un círculo de las mujeres que acompañaban a la caravana, en medio del hueco, se encontraba tendido en el suelo sobre un charco de sangre, pero lo que más me impresionó fue ver cómo un hilillo rojo caía por la comisura de su boca. Una mujer que sujetaba la cabeza de mi tío, tratando de evitar que se ensuciase con el polvo del suelo, me miró con semblante triste, y al ver que me acercaba, hizo un gesto de negación con su cabeza, después se retiró para que pudiera darle mi último adiós.

Al ver a mi tío tendido en el suelo, imaginé en esa misma posición el cuerpo de mi padre, muerto por otros salteadores en una situación similar, la imagen tomó forma, el cuerpo de mi padre y el de mi tío, que, aunque se tratase de un pariente lejano, había ejercido de padre. Dos padres muertos, y el único culpable era yo, por ser un niño egoísta y prepotente. Lloré por no haber sido yo el muerto, me culpé por no estar con ellos, en el momento en el que habían sido atacados. Culpé a los dioses por haberlo permitido, enfadado golpeé al viento con los puños, caí al suelo de rodillas y grité:

—Diyu[4], escucha este juramento que te hago, —elevé las manos al cielo y cerrándolas fuertemente y continué— Lleva a Jian Wudi a tus dominios, junto a mi padre, trátalos con el respeto que se merecen, y te juro que haré llegar hasta ti a todos los que se acerquen a mi espada, para que hagas de ellos lo que desees. Si muero porque no he sido capaz de mantener este juramento, podrás hacer de mí tu esclavo.

A mi alrededor se hizo el silencio, dejé de oír los gritos de los heridos, desaparecieron los molestos berridos de los camellos peludos, en mi mente solo había un pensamiento. «Muerte»

Tan solo tenía catorce años, pero la muerte me había madurado, ¡Ya no era un niño! En mi corta vida había experimentado el miedo al enfrentamiento, había conocido a la muerte, en la que otros habían caído a mis manos, la otra muerte en la que otros habían caído por mi culpa, en todos los

---

[4] Dios de los muertos.

casos bajo el empuje de ese mismo miedo, ante la decisión de matar o morir, desembocando en la euforia de sentirte vivo al ver caer a tu enemigo.

Y acababa de conocer a la otra muerte, la provocada por otros, la que generaba en mis los malditos sentimientos de odio y venganza, pero sobre todo dolor. Mucho dolor.

Pasó el tiempo, me volví en un ser huraño y solitario, aceché en las montañas a todas las partidas de salteadores que fui encontrando, estudié sus movimientos y aproveché los momentos más adecuados para atacarles, mi única misión era causar la muerte, y me acostumbré a ser efectivo causando la muerte de muchas personas.

Todos mis sentimientos de la niñez se convirtieron en frialdad durante este tiempo, y a pesar de que cumplía con el juramento hecho a Diyu, había olvidado el significado de la palabra placer, en mi mente se habían borrado todos los recuerdos agradables. Mientras una voz airada gritaba:

—¡Venganza!

Pasaron los años, cazaba para comer, pero buscaba a las presas más peligrosas para enfrentarme a ellas, creo que inconscientemente deseaba encontrarme con la muerte. Cabalgaba deseando causar la muerte de otros, al conseguirlo no pude encontrar placer en ello. Esta obsesión me hizo olvidar que los años transcurrían, que ya tenía cerca de veinte años, y que mi caballo también se estaba haciendo viejo.

El hastío comenzó por hacer mella en mi ánimo, sin darme cuenta fueron diluyéndose la frialdad y el odio, dando paso a otro sentimiento apenas reconocible, doloroso tal vez, pero más agradable que la frialdad constante, que se había convertido en mi compañera. Este nuevo sentimiento me traslado a la primera infancia, debido a que mi compañero durante toda mi vida, el caballo que había salvado mi vida en infinidad de ocasiones, se encontraba tendido en el suelo, no había podido aguantar la última cabalgada.

La razón me decía que necesitaba otro caballo, pero existía otro sentimiento que tiraba de mi, tratando de que me marchase de aquel lugar, que abandonase aquella vida de odios. Los cuerpos de mi padre y mi tío se entremezclaban, envueltos en una nebulosa, desaparecían, quedando tan sólo las palabras de mi tío: «Vacía tu corazón de odio, y actúa con la mente limpia».

Mi cuerpo y mi corazón mantenían una lucha encarnizada, no podía hacer nada por mi caballo muerto, era parte del ciclo de la vida, los lobos y los buitres tendrían su comida, expresé mi sentimiento mientras me alejaba de aquel lugar arrastrando los

pies,mientras se agrandaba la distancia, aparecía el cansancio que era como una losa pesada.

Me encontraba perdido, necesitaba meditar sobre las palabras de mi tío, pero debía alejarme de la muerte, aquel juramento hecho en un momento de enajenación pesaba demasiado. Nuevamente sonaron en mi mente las palabras de mi tío: «Iremos a Wudang, para que veas unos paisajes inolvidables».

El cansancio me impedía continuar. Necesitaba realizar una parada, en un terreno de pequeños bosques, me senté a la sombra de un gran árbol, el suelo me atraía. Desconozco el tiempo que estuve adormilado, y sorprendentemente desperté tendido en un suelo árido, en medio de la nada No supe porque extraño hechizo había creído que me encontraba en el bosque, y no quería investigarlo. Mi vida necesitaba un cambio.

La montaña

Elegí mi nuevo camino, ya no necesitaba caballo, ni armas, que fui arrojando por aquel erial, decidí abandonar las ropas más propias para una vida de frontera, las botas se las cambié a un campesino por unas sandalias de baja calidad, aceptó creyéndo que se encontraba ante un loco, por proponerle una transacción tan ventajosa para él, y necesitando acallar su conciencia me entregó una túnica vieja.

Dejé que me creciera el pelo y la barba, y apoyado en un largo bastón de viaje, daba la sensación de ser un anciano decrépito. Llegué a Wudang tras un largo periplo de dos años, que transcurrieron deambulando por distintos reinos. En este tiempo escuché a sabios y a otros que presumían de serlo, mi largo bastón de peregrino, hacia que las gentes con las que me encontraba en el camino, me saludasen con amabilidad, y en algunos casos me daban unas monedas. Trabajé para poder comer, aprendí el misterio de las plantas y sus propiedades. Estudié mi cuerpo y mi mente, como si fuera mi mejor paciente, descubrí que padecía de una enfermedad que no precisaba de fármacos.

Para sanar mi alma, debería hacer las paces conmigo, y erradicar el odio y la culpabilidad acumulados durante todos esos años, y tan sólo si era capaz de conseguirlo podria encontrar la sanación, pero antes debería dedicarme a algo mucho menos espiritual, debería buscar una vivienda y un terreno en el que cultivar algunas verduras. «Había decidido no matar a ningún ser vivo».

Busqué una pequeña oquedad en la falda de un monte que me permitía observar el nacimiento y puesta de sol, que consideraba importante para sosegar mi espíritu todavía alterado. Había elegido un lugar solitario, porque todavía no deseaba vivir en las comunidades cercanas, no deseaba mantener contacto con otras personas, necesitaba —al menos de momento— vivir en la soledad más absoluta.

Merodeé por los alrededores, hasta encontrar el lugar adecuado entre dos rocas, que me permitía crear una tosca vivienda. No necesitaba más, en los alrededores encontré un manantial, y la vegetación necesaria para mi alimentación.

Mi dieta se componía de bayas, setas, piñones y algún otro fruto comestible, hasta que pudiera cultivar algunas verduras, necesitaba aprender a convivir con esa persona tan extraña que era yo mismo.

Los años de peregrinaje me habían alejado de la frontera que marcaba la separación entre el mundo de los muertos y el de los vivos, en mi mente solo había un deseo, liberarme de las ataduras que me habían encorsetado, había momentos en los que me colocaba en una roca al borde del precipicio, para gritar con fuerza en la soledad de aquellas montañas:

—¡Quiero vivir!

El eco era mi único compañero, con el que hablaba esperando el retorno de mi voz, un ser burlón inmisericorde, que gozaba repitiendo mis palabras, que como si fueran duendes, saltaban por las paredes verticales de granito. Prefería aquello a las conversaciones con otras personas.

En aquellos montes me encontraba bien, había comenzado a adaptar mi vivienda, de manera muy rudimentaria construí una puerta para resguardarme del frío nocturno, y de algún animal que quisiera hacerme una visita. El trabajo me entretenía, pasaba las horas recreándome en mi soledad, o eso era lo que yo creía, hasta que escuché una voz:

—¿Qué has venido a buscar?

Crei que mi mente me estaba gastando una mala pasada, busqué el origen de la voz, sin llegar a ver quién podría haber hecho la pregunta, pensé que se trataba de un espejismo producido por la soledad, o tal vez era debido a la altitud en la que me encontraba. Traté nuevamente de buscar al autor de la pregunta, y no ver a nadie creí que me estaba volviendo loco, y grité;

—Seas humano o demonio no me importa. ¡Déjame en paz!

Sonreí avergonzado por haberme dejado llevar por el pánico a lo desconocido y continué con mi labor anterior y la búsqueda de plantas para la comida. Volvió a suceder algo desconcertante, sentí como alguien me golpeaba con un bastón en la espalda, al mismo tiempo que la voz hacía la misma pregunta:

—¿Qué has venido a buscar?

Contuve mis deseos de darme la vuelta para enfrentarme al agresor, mientras recordaba las enseñanzas de mi tío, y su voz resonó con fuerza en mi cerebro a través del tiempo:

«Analiza todas las posibilidades, después actúa»

Me mantuve atento a cualquier sonido o movimiento por leve que fuera, nuevamente apareció la frialdad de aquel muchacho a punto de entrar en combate, por un momento dejé de existir para que mi entorno cobrase una vida con mayor intensidad, los sonidos se fueron multiplicando, de pronto mi cuerpo se puso en acción y en un giro escuché el sonido de un choque entre dos palos.

Una carcajada me hizo retomar la cordura, y quedé sorprendido al ver a un monje de pequeña estatura y de edad indeterminada, que entre risas continuaba repitiendo la misma pregunta:

—¿Qué has venido a buscar?

Dejó de reír y sin esperar respuesta, dijo:

—Creo que ya has encontrado lo que buscabas. Ya puedes irte. Pero si decides quedarte tendrás que trabajar duro, si es que realmente deseas saber quién eres.

Comencé a dudar de que se encontrase en su sano juicio, pero él se movía en círculos haciendo girar su largo bastón amenazadoramente, por dos veces tuve que utilizar mi bastón para bloquear sus acometidas, solo un par de golpes y me sentí trasladado a mi casa familiar, bastantes años antes, cuando todavía era un niño.

Ante mi se encontraba mi padre, enseñándome a utilizar el cayado de pastor para la lucha. Asombrado por lo que estaba sucediendo, comencé a gritar:

—¡Esto es magia, mi padre ha muerto!

Comenzaron a rodar unas lágrimas, dejando su sabor salado y amargo en mis labios.No me dejé dominar por aquella visión, la lucha se encontraba en mi interior, las enseñanzas de mi padre, para que pudiera defender el rebaño se encontraban mi mente. Lavoz del hombrecito sonó con fuerza

—Así... así, golpea más fuerte. Ahora a la izquierda... mueve las piernas...

Las imágenes y la voz fueron desapareciendo solamente sentía el ruido de los bastones al entrechocar, mi cuerpo realizaba movimientos instintivamente para evitar ser alcanzado por un golpe. Perdí la noción del tiempo durante el que estuvimos cruzando los palos. Tampoco recuerdo el motivo que nos hizo finalizar, solamente recuerdo que mis ojos se habían llenado de lágrimas, y en mi pecho había desaparecido un gran peso. La ira se convirtió en calor, dando paso a la imagen de mi tío hablándome después de una de sus comidas:

—Nacimiento y muerte son extremos de un mismo camino. Siempre llegan en el momento adecuado.

Por fin había alcanzado la paz.

Salí de mi abstracción al escuchar la risa del mismo ser con el que había mantenido la pelea, me invitó a que me sentase junto a él, en una gran piedra al borde del acantilado. Con las piernas colgando en vacío, no sentía miedo por la posible caída debido a la altitud en la que nos encontrábamos, golpeó nuevamente con su mano en la base de la piedra y acepté la invitación. Me sentí ligero como si flotase en el viento, nuevamente pensé que esa sensación debería ser la paz que tanto había buscado.

Sin decir una sola palabra, escuché nuevamente la voz de mi acompañante:

—Ya estás preparado para vivir en el monasterio.

Hacía tiempo que había desaparecido aquel joven receloso, que se mantenia alerta continuamente, tratando de evitar los posibles peligros. No había nada que me pareciese extraordinario. En mi aparente corta edad había vivido lo suficiente para saber que hay un motivo para que sucedan las cosas, y este era uno de ellos, no hice ninguna pregunta. Lo acompañé hasta Tianzhu[5], tuve que hacer labores ingratas bajo

---

[5] La Puerta del Cielo

la atenta mirada de aquel ser tan pequeño en estatura. Tengo que reconocer que junto a mi tío fueron las personas de quienes más aprendí. Ellos fueron mis maestros.

Durante los tres años siguientes, los pasé realizando diversas ocupaciones, olvidé que durante un periodo de mi vida había sido guardián de caravanas, que había causado dolor a otras personas, olvidé mi nombre. nombre, me había convertido en un sirviente de todos los monjes, y lo más curioso es que no no deseaba nada más.

Desde que llegué al monasterio, no había visto al maestro Liu Quan, —aquel ser tan pequeño y tan misterioso con el que crucé mi palo— no diré que no había pensado en él, pero tampoco sentí curiosidad por saber donde se encontraba, supuse que no se encontraría en el monasterio. Hasta que una mañana, volví a verlo, se encontraba de pié en el centro del patio de entrenamiento, apoyado en su largo palo, parecía haber crecido un palmo.

Me dirigí hacia él para saludarle, pero antes de que pudiera acercarme, dio una patada a un palo que tenía en el suelo muy cerca de sus pies, instintivamente lo recogí y me coloqué en posición de defensa, no hubo ninguna pelea, Liu Quan, comenzó a saltar como si se tratase de un niño, y dijo:

—A partir de mañana iniciarás tu entrenamiento.

Después dio media vuelta y se dirigió hacia el pabellón de la biblioteca. Pasé un tiempo en mis nuevas ocupaciones, hasta que volví a verlo, esta vez fue para aceptarme como su pupilo, dándome el nombre de Léi húdié, «La mariposa del trueno».

Fue él quien predijo que mi siguiente vida, sería en forma de mariposa, que me uniría a un gato y a través de esa unión podríamos alcanzar la inmortalidad.

Cuaderno primero. 2ª Parte

Necesito hacer un alto en la transcripción de este primer cuaderno, para releer la historia del monje, que al parecer se había borrado de mi memoria, tal vez por no haberlo leído desde que fue escrito, cuando tan solo tenía seis años.

Intentando recordarlo, me introduzco en una edad en la que la magia era natural, en la que se permite que niños y animales puedan contar aventuras y desventuras, arropados por la música de un viejo gramófono, el recuerdo de los sonidos me introducen en esa infancia.

El chirrido, producido por la aguja en cada giro del vinilo, al ser atrapada por la rayadura que le impedía pasar al siguiente microsurco, hacía que en cada giro, la voz de Carlos Gardel pronunciase su inolvidable «Volver», una y otra vez continuaba repitiéndolo mientras durase la «cuerda» del antiguo gramófono de madera, con una ventanita acristalada por la que mostraba una incomprensible maquinaria, mientras que machaconamente la voz deformada de Gardel comenzaba a alargar su «Volveeeeeer».

Ya no me preocupaba aquel aparato con el que tanto miedo sentí, buscando a través del cristal al hombre que cantaba y que creía que se encontraba en su interior, intestinos, pulmones, corazón deberían ser todas aquellas piezas enroscadas que podía ver a través del ctpristal. Debería de tratarse algún ser extraño, que gritaba, mientras su perro sentado constantemente lo escuchaba a través de un amplificador en forma de cuerno de la abundancia, terminado en unas ridículas onditas.

En aquel momento mis juegos eran mucho más interesantes, aun estando solo—exactamente solo, no me encontraba— a mi lado compartía mesa y comida con mi mejor amigo, digo compartía mesa porque los dos nos encontrábamos tumbados debajo de la mesa compartiendo un plato de porcelana desportillado, repleto de un guiso de patatas, que un momento antes había decidido no comer por cabezonería, sin embargo en aquel momento me estaban sabiendo riquísimas, tal vez porque ambos comíamos con la mano, no necesitábamos cubiertos porque así nos sentíamos bajo la mesa.

La música dejó de sonar, las suelas de las zapatillas de mi madre produjeron un sonido inconfundible, su mano retiró una silla bajo la que me estaba resguardando las piernas y su voz estentórea me hizo salir disparado.

— ¿Qué haces ahí comiendo con el gato?

El grito de mi madre rompió la magia de aquel momento, consiguiendo nuevamente devolverme a la realidad, para retornar la transcripción de esta segunda parte de la vida de Ninu, con el ritmo de la música algo menos armoniosa de las teclas de mi ordenador.

Mi primera vida

El placer de los juegos me absorbió, haciendo que me olvidase, de que hacía tan sólo un momento en que había sido repudiado por mi madre. Corría y saltaba persiguiendo a aquel nuevo amigo, durante un buen rato, las carreras, el cansancio y aquel polvillo, hicieron que sintiera sed. Mi boca mantenía aquel regusto a los granos de trigo, el roce de las espigas había provocado aspereza en la garganta haciéndome toser. Necesitaba agua, y estaba llegando hasta mi hocico un olor a humedad, mezclado con otro más intenso, que me atraía misteriosamente.

Como si se tratase de un recuerdo almacenado en alguna parte del cerebro, mi instinto decía que se trataba de un alimento, el estómago decía que podría comer, el olfato también tenía algo que decir, asegurando que también podría beber. Dudaba entre seguir adelante o detenerme y retroceder.

Comencé a temblar, sintiendo miedo por un enfrentamiento con algo desconocido, fui acercándome lentamente al lugar del que procedían los aromas, mi cuerpo se estiraba, mi lengua seca lamía el hocico; y el estómago no paraba de molestarme emitiendo unos sonidos muy extraños.

Tenía hambre, y al mismo tiempo sentía miedo, hasta mi hocico llegaron nuevos aromas haciendo que se me erizase el pelo, arqueé el lomo creo que por instinto, y me fui introduciendo en las altas hierbas. Comencé a acercarme, y al llegar al lugar que consideraba idóneo utilicé ayudado por las patas traseras, flexionándolas, y al mismo tiempo manteniéndolas dispuestas para iniciar el salto para alcanzar aquel manjar tan apetecible.

Una sensación extraña me frenaba, no sabía cómo actuar, eché en falta las indicaciones de mi madre. Por primera vez la soledad cayó sobre mi como una losa pesada. Al mismo tiempo una fuerza desconocida me obligaba a continuar avanzando, necesitaba beber agua, y algo me decía que cerca de mi había comida, era una especie de miedo placentero y morboso que me decía:

—Un poco más... continúa adelante.

Llegaba a la última cortina de yerba, que permitía ver a través de unos huecos lo que sucedía más allá. La desnudez de un tramo del terreno hizo que frenara de golpe mi avance, un poco más adelante, brillaba el sol reflejándose en una gran masa de agua, junto a la orilla, un ser muy extraño se interponía en mi camino, andaba solamente con dos patas, desde lo más profundo de mi cerebro llego la solución del enigma, sin comprender cómo había llegado a esa conclusión, dije entre dientes:

—¡Es un humano!

Por fin tenía ante mi a un ser tan horroroso. Y según decía mi madre era capaz de lo peor. El olor agradable predominaba sobre otro mucho más repelente, procedente del ser extraño, y mi instinto repetía que ese aroma tan agradable era comida.

Mi amiga la mariposa, comenzó a revolotear por encima de mi cabeza, y tuve que hacer un esfuerzo para no intentar atraparla, de nuevo la vocecita comenzó a hablarme, y misteriosamente comenzaron a formarse imágenes en mi cerebro:

—Ten paciencia, espera a que se marche este hombre.

¡Estaba en lo cierto! Ese ser tan extraño era un hombre, uno de esos monstruos con los que nos amenazaba mi madre. Esa misma mañana me había dicho algo que yo creía que era muy malo. Habia augurado que solo podría aspirar a ser un gato doméstico.

Me encontraba asustado, no sabía que podría sucederme si me descubría aquel monstruo humano. Pensé que se trataba de un cazador, tenía un cesto de aquellos animalitos que olían tan bien, y alguno se movía intentando escapar, pensé con miedo; ¿comerá también gatos?

La voz de mi amigo me devolvió a la realidad:

—Este hombre ha pescado muchos peces, si puedes llegar hasta ellos sin que te descubra, podrás comer. Recuerda que la rapidez es muy importante.

Me asusté al escuchar la voz de la mariposa, y sentí ganas de dar un brinco, dejándome llevar por las imágenes que volvieron a formarse en mi cerebro, vi peces y los asocié a una comida apetecible.

Moví la cola para calmar la ansiedad, y traté de calmarme esperando el momento oportuno, para acercarme al cesto repleto de peces resplandecientes. En contra de mis deseos y a pesar de que mis patas querían saltar hacia ellos, y atrapar alguno y volver a mi escondite, algo externo a mí trataba de contenerme.

El momento se presentó por sí mismo, o tal vez mi deseo de actuar, interpretó que se trataba del momento adecuado. Luché para autoconvencerme de que me encontraba preparado para lanzar un rápido ataque, encogiendo mis patas traseras. Di el salto y la situación cambió, No había nada en su lugar. El hombre que había pasado todo el rato sentado en una piedra se levantó mostrando toda su estatura, sorprendído y asustado, vi a aquel ser hacerse mucho más grande, de lo que creí que sería su tamaño real. Y pensé:« Los seres humanos son horrorosos».

Pudo ser eso lo que paralizó mis músculos, provocando que acelerase el momento de iniciar el intento de robarle algo de comida, o tal vez que aquel humano tendria ojos en el cogote.

Sea como sea lo que sucedió, todavía no llego a comprenderlo . Cuando inicié el salto que debía permitirme atrapar uno de los peces, se desató una catástrofe, sentí un golpe al chocar con el pie del humano que me golpeó lanzándome con fuerza a las aguas heladas del rio, lo que me obligó a abrir la boca para emitir un maullido de dolor, haciendo que el agua lo aprovechase para penetrar por ella,.

Tosí, golpeé el agua con mis manos, sin poder evitar que dejara de entrar en mi cuerpo. Perdí la consciencia, y al abrir nuevamente los ojos, viéndome tendido en la hierba. Desconcertado, sin saber que era lo que había ocurrido, escuché a aquel hombre emitir unos extraños sonidos.

Fueron las primeras palabras que escuché de una lengua humana, más tarde supe que se refería a mi color de pelo, negro y blanco, nube y nieve, a partir de ese momento se convirtió en mi nombre:

—Ninu

A pesar de que mi estado no era el óptimo, seguí con la vista las evoluciones de la mariposa, acercándose a mi boca como si tratara de introducirse por ella. Desconocía el motivo por el que deseaba hacerlo, pero comencé a estornudar, lo que la hizo alejarse impulsada por el aire que salía de mi hocico, tratando de decir algo que no llegué a entender, hasta que pude poner más atención, tratando de comprender lo que me decía:

—Estoy llegando al final de esta vida como mariposa, tú acabas de iniciar esta nueva vida. Te buscaré, no trates de comprender las palabras de los humanos, escucha su corazón,

Se dejó caer mecida por el viento, llegando al agua para salir de mi campo de visión arrastrada por la corriente. La voz del humano me distrajo de esa búsqueda, prestando atención al contenido de las palabras que sonaban en un constante tableteo:

—Eres un gatito mágico, te llamaré Nieve con Nubes, seguro que me pagarán mucho por ti.

Se acercó despacio y rodeó mi cuello con una cuerda, ató su extremo libre a la parte posterior de un carrito, que utilizaba para transportar el pescado, traté de resistirme y escapar de mi dogal, aunque por más que me esforcé en soltarme, no pude alcanzar mi objetivo, aquella cuerda me presionaba el cuello, estaba ahogándome. Opté por no forzar la tensión de la cuerda, y seguí no sin desgana al hombre que sonreía al ver que había dejado de oponerme. Me miraba complacido mientras asentía:

—Bien, bien... eres listo, ya has aprendido que no puedes escapar del viejo Cheng Yu.

Al verme prisionero de aquel humano tan grande y horroroso, me acordé de mi madre y mis hermanos, comencé a dudar de que la vida al lado de ellos, fuera tan mala como creía, interiormente comencé mis lamentaciones durante el resto del camino, andaba con la cabeza baja emitiendo unos gemidos casi inaudibles. Necesitaba creer que en algún momento volvería a reencontrarme con mi familia, en ese convencimiento, trataba de aferrarme a esa idea, repitiendo la misma cantinela:

—En algún momento vendrán a buscarme.

Pasó el tiempo y mis deseos se fueron diluyendo, al ver como sin que nadie se acercase a buscarme —es más—, me olvidé casi por completo de que en algún momento había tenido una familia. Fui creciendo y muy de tarde en tarde recordaba que había nacido en una madriguera en la montaña, en aquella nueva vida transcurrían los días en completo aburrimiento, aprendí a pasar desapercibido por mi amo, para acercarme al fuego del hogar y adormilarme entre las cenizas calientes para que aquel ser extraño se olvidase de mi existencia.

Mi existencia dependía del humor de mi captor Cheng Yu, procurando encontrarme lo más lejos posible de él, en aquella cabaña vieja y maloliente, en la que vivía junto a su esposa Xing Huo. una mujer regordeta, muy amable. Por supervivencia, me convertí en un gato agradable y zalamero, que seguía a Xing Huo, a cualquier lugar que ella se dirigiese.

Esta actitud no tardó en dar resultados, Cheng Yu—aquel humano odioso—, propuso venderme para conseguir unos ingresos adicionales. Su esposa montaba en cólera cada vez que Cheng Yu se lo proponía, negándose a venderme, utilizando siempre la misma disculpa:

—No venderemos a Ninu, si es un gato mágico, la buena suerte quedará en nuestra casa.

Cheng Yu no le hizo caso a su esposa, constantemente decía que era poseedor de un gato de la buena suerte, haciendo que a partir de mi llegada comenzaron a aparecer muchos humanos que me tocaban y dejaban unas monedas encima de una mesita. El dinero aquel fue el detonante de muchas discusiones, pero no cedía, no quería prescindir de esos ingresos debido a la inclinación que tenía por la bebida.

Los problemas por la bebida y el juego se incrementaron, llegando a contraer deudas. Haciendo que el viejo taimado no cejase en su intento de venderme, a un precio que le resultase apetecible. Aprovechaba cualquier momento para decir a todo el que quisiera escucharle que estaba dispuesto a vender un gato mágico, —esa fue mi maldición— a quien le diese una cantidad suficientemente apetecible.

Un buen día llamó a la puerta de la cabaña un hombre alto, de rostro afilado que le daba un aspecto un tanto preocupante, sus ropas eran de calidad, indicando que debía pertenecer a una clase social elevada, tras él apareció la cabeza de un extraño perro.

Se presentó con el nombre de Leng Feng — Viento Frío—, haciendo gala de su cargo como médico de la corte. Y sin más dilación, dijo que estaba dispuesto a comprarme —me señaló con un dedo acusador—, a cambio de una cantidad que no resultase excesiva.

Xing Huo, estaba decidida a no venderme, además aquel hombre no le gustaba, conmigo había entrado también más dinero en su casa. O tal vez se tratase por mi faceta de gato encantador, por lo que se negó a realizar la transacción, y ante la insistencia del desconocido, acabó por echarlo de la vivienda.

Este salió a la calle no sin antes formular una maldición. Aquello debía ser terrible para los humanos, que temblaron de miedo. Por mi parte quedé tranquilo, al final lo que verdaderamente me importaba era el hecho de que no hubiera podido comprarme, se lo demostré con un maullido que lo incomodó, y señalándome con un dedo dijo:

—Eres un demonio, y traerás la desgracia a esta casa.

No creo que la maldición de aquel hombre surtiera efecto, creí que se trataba de un farsante, pero como la vida hace que hasta el más inepto acepta al menos una vez en su vida, solamente puedo decir que a los pocos días falleció Xing Huo, y eso fue mi desgracia, Cheng Yu, se excedió con la bebida, y comenzó a decir que era un gato de mala suerte, intentó venderme de nuevo, pero la mala fama que el mismo se había dedicado a publicar, hizo que no encontrase ningún comprador dispuesto a adquirirme, me libre de que el conjuro del hombre que intentó comprarme, haciéndole creer que yo era realmente un demonio.

Tratando de evitar males mayores, Cheng Yu no se atrevió a matarme, por miedo a que recayera sobre él una desgracia más grande, hasta que una mañana se hartó de verme, me agarró por la piel del lomo y me tiró a la calle.

Nuevamente, tengo que agradecer a la fortuna que se encontrase atenta, haciendo que cayera sobre mis cuatro patas y me escondiera en una fragua al otro lado de la calle.

Necesitaba ocultarme de aquel ser dominado por la locura del miedo, atravesé un amplio despoblado, entre matojos de hierbas secas provistas de unas bolitas erizadas que se fueron pegando a mi pelo, al clavarse me hacían correr sin pensar en nada, hasta llegar a la pared de un cobertizo en el que se veían volar un sinfín de chispas de fuego.

La fragua

Asustado al encontrarme nuevamente solo, comencé a lamentar mi mala suerte. Como pude, me introduje por un hueco en un montón de hierros. Desde mi escondite pude observar aquel lugar, se trataba lo que los humanos denominaban fragua, su dueño el herrero se dedicaba a la fabricación de herramientas agrícolas, y con esa finalidad tenía almacenados los hierros en los que me ocultaba. Fue transcurriendo el tiempo, y me sirvió para tranquilizarme, encontrándome protegido en aquel lugar, en el que nadie se imaginaba que estaría escondido, pasó más tiempo y comencé a sentir que el miedo me abandonaba.

Con la desaparición del miedo, aparecieron sentimientos de tristeza, junto a la satisfacción por encontrarme libre. Si..., era libre, pero también tenía mis responsabilidades, un problema con el que no había contado, acababa de aparecer. Tenía hambre y necesitaba comida, era la primera vez que me encontraba verdaderamente solo, no estaba mi madre, ni la mariposa, ni tampoco se encontraba Xing Huo, no sabía cómo encontrar comida.

El miedo a ser visto hizo que aguantase el frío y los sonidos de mi panza, me quedé adormilado entre los hierros y sin proponérmelo, la respuesta apareció por sí sola, continué escondido durante el resto del día, temblando de miedo al escuchar los ruidos producidos por los golpes que dos humanos daban con martillos en los hierros que acababan de sacar del fuego, con cada golpe surgían miles de chispas luminosas, parecían estrellas cayendo del cielo, y que tanto miedo me habían producido al llegar.

Se hizo de noche y todo aquel lugar quedó en silencio, al desaparecer el miedo volvió a aparecer aquella sensación de hambre. Buscar algún alimento con el que apaciguar los mordiscos del hambre, resultaba la primera necesidad. Necesitaba salir para buscar comida, recordé a Xing Huo, con ella todo parecía sencillo, ponía comida en un recipiente al que tan solo tenía que acercarme para saciar el hambre. Me atreví a salir de mi escondrijo, en el mismo momento en que comencé a oír roces y pequeños pasos. Esos sonidos los había oído en la casa de Cheng Yu, su nombre me golpeó con fuerza:

—¡Ratones!

Hasta ese momento, no había tenido necesidad de cazar, fue el inhstinto el que la despertó, y aquellos ratones, que vivian en la casa de mis dueños, y que se escondían nada más verme, hicieron que me sintiese importante al ver que me temían por el simple hecho de haber nacido gato, comprendí que en este otro momento suponía un contratiempo, necesitaba cazar por que también necesitaba comer.

Recordé los consejos de mi amiga mariposa, haciendo hincapié en la calma y la rapidez, dos palabras antagónicas, pero que sirvieron para esperar que llegase el momento oportuno.

Durante varias noches me dediqué a iniciarme en mi nueva faceta de cazador, pasé hambre porque la primera noche no llegué a capturar ninguna pieza, no desesperé y continué acechándolos en los agujeros que habían hecho sus madrigueras, en esos momentos de espera recordé mis juegos, y persecuciones a la mariposa.

La paciencia parecía perseguirme, comenzaba a creer que pasaría otro día sin comer, cuando vi que un pequeño ratón asomaba tímidamente su hocico, me aplasté contra el suelo, permitiendo que se separase un tramo de su agujero, después todo resultó muy fácil, realicé mi primer salto con éxito.

El éxito obtenido me animó, para que me decidiera a poner en práctica aquellos primeros juegos, que recordaba con alegría, —mejor dicho— todavía continúo recordando los juegos, y las palabras de la mariposa:

—¡Atrápame!

Estas noches de cacería, sirvieron para comprender que los saltos y carreras, a los que me había animado la mariposa, estaban encaminados a servir de entrenamiento, y preparación para que fuesen de utilidad en la cacería.

La fragua se convirtió en terreno peligroso para los roedores, cada vez escaseaban más de estos animales, decidí que no podía alimentarme tan sólo de ratones. Si no quería volver a pasar hambre, debería buscar nuevas maneras de caza, y disponer de los alimentos necesarios para mi subsistencia.

Comencé a buscar nuevas fuentes de subsistencia, mi mente trabajó a marchas forzadas, y un buen día, cuando comenzaba nuevamente a sufrir los efectos de ese mal llamado hambre, surgió la idea.

Había observado las costumbres que tenían los humanos, de colocar en la ventana alimentos calientes, esperando a que se enfriasen un poco para poder consumirlos. Debía superar una nueva dificultad, si quería tener éxito, debería conseguir alcanzar la altura en la que estaban ubicadas las ventanas.

Es cierto que se trataba de una dificultad, pero no resultaba excesivamente insalvable. Mis músculos estaban bien entrenados, había practicado saltos y carreras intentando ocultarme de los humanos. Tan sólo debería realizar unas pruebas en la casa más lejana de las otras.

Aproveché la primera hora de la noche, y comencé mi ronda de reconocimiento. Tuve un acierto en este nuevo trabajo de asaltar ventanas, solamente necesitaba actuar con la máxima rapidez, y con mucho sigilo para no ser visto.

Esta ocupación me agradaba, el éxito satisfacía mi orgullo, llegando a creer que me había convertido en un salteador inigualable, ¡esa sí que era buena vida! y no la de esos gatos que se contentaban con recibir un plato de mala comida bajo la mesa de sus amos.

Día a día me convertí en un gato más osado, subía a las ventanas en las que podía robar la comida,más apetitosa, y me descuidé debido a mi tremendo ego, tuve algunos momentos en los que estuvieron a punto de descubrirme. Eso me hizo comprender que, si quería convertirme en un buen cazador, no tenía que cometer errores tontos. Este planteamiento hizo que fuera más cuidadoso en mis actuaciones, y ser más comedido en los asaltos. Después de mis salidas volvía a la fragua, en la que pasaba el resto de la noche.

Al amanecer, procuraba marcharme de mi alojamiento, tratando de evitar los ruidos molestos, vagabundeaba por distintos lugares de la aldea y buscando un nuevo alojamiento en el que poder ocultarme con tranquilidad.

Entre las muchas idas y venidas, encontré algo interesante al final de la calle, era una casita en ruinas, me introduje en ella a través de un agujero en la pared, el interior era amplio, penetraba luz por una ventana cercana al techo, miré todo aquello con ojos de asombro y lancé un maullido con el que quería tomar posesión de mi nuevo domicilio, mi orgullo creció hasta límites insospechados, era el momento de pensar en mi familia:

—Si me viesen mi madre y mis hermanos, morirían de envidia.

Como si me tratase de un monarca absoluto, recorí mis nuevos dominios, satisfecho de lo que era capaz de hacer, sabía cazar, y robaba alimentos a los monstruos humanos, el gozo que sentí en aquel momento me hizo realizar unas cuantas piruetas y grité:

—Aquí viviré con mi camada, y seré el jefe de muchos gatos.

En un instante modifiqué mi estado de ánimo, todas las anteriores lamentaciones habían desaparecido. Por primera vez no me arrepentía de encontrarme solo, —es más, no sentía esa soledad— tampoco tenía miedo a nada ni a nadie, seguramente era cierto que atraía la buena suerte.

Animado por mi nueva vida, decidí que era el momento de salir a la calle, y reconocer los alrededores de la casa, por primera vez me encontraba satisfecho de mi libertad, maullé fuerte para expresar satisfacción por haber dejado de depender del capricho despótico de los humanos.

Me recibieron los rayos de sol en una mañana de viento fresco con olor a montaña, haciendo que me trasladase a otros momentos de juegos, recordé el sabor a los granos de trigo, dando paso a que apareciesen los extraños sonidos precursores del hambre, sin importarme si era de día o no, decidí buscar algo de comida.

Deambulé por el entorno de mi nuevo domicilio, asombrándome de todo lo que veía, nunca había paseado por aquel lugar con luz diurna, las casas, piedras, o la vegetación, cobraba una nueva perspectiva, habían desaparecido las sombras que agrandaban los peligros, convirtiendo en fantasmas las plantas azotadas por el viento, fui adentrándome en aquel paisaje hasta percibir un olor que me avisaba de la existencia de comida, era distinto al que yo estaba acostumbrado, debería investigar un poco más, teniendo en cuenta que no siempre podría encontrar una comida digna, tal vez podrían ser de utilidad en los tiempos difíciles.

El olor me llevo a un vertedero de basuras, no se trataba de la panacea, pero creí que tal vez podría encontrar algo nuevo, alguna comida para momentos en los que no tendría ganas de asaltar ventanas. Al acercarme vi que una gran cantidad de gatos hurgaban entre las inmundicias, sentí asco y pena por todos aquellos que se contentaban en buscar comida en las basuras, en vez de hacerlo de manera más digna. Necesitaba observar sus tecnicas y me detuve un poco aprovechando que había llegado a un riachuelo de aguas un tanto turbias, busqué un lugar en el que el agua no llegaba a remansarse, y comencé a saciar la sed con bastante calma. Mientras hundía la lengua en la superficie del rio, miré de reojo hacia los montones de desperdicios, para ver como luchaban entre sí, aquellos pandilleros intentando apoderarse de algún trozo de comida que les pareciese apetitoso.

Vigilando la seguridad del grupo, se encontraban tres gatos, al observar sus ademanes chulescos, recordé a mis hermanos mayores. Debieron verme, se separaron del grupo para dirigirse hacia donde me encontraba bebiendo agua, y con ese aire de seguridad propio de quienes se creen superiores, me preguntaron:

—¿Quién eres?

Me quedé mirándolos fijamente, no me sentía con suficiente fuerza para iniciar una pelea. Traté de contener la ira unida a algo muy parecido al miedo. Lancé un pequeño rugido tratando de mostrar serenidad, y elevando la cabeza tratando de aparentar mayor estatura, busqué una respuesta adecuada al momento, y con un maullido potente contesté:

— Ninu

Aquellos tres gatos iniciaron un coro de maullidos que me sonó a unas carcajadas discordantes, nuevamente tuve que contener las ganas de saltar hacia ellos y clavarles mis uñas. Al recordar el incidente, creo que mi amiga mariposa desde donde se encontrase continuaba velando por mí, y en aquel momento volví a recordar sus palabras:

—Ten paciencia y observa.

Tuve que calmarme, para no actuar con precipitación, todavía no era el momento. Los miré desafiante, para que no viesen en mí una sola muestra de temor, hice un gesto de desprecio, y sin prestarles más atención, di media vuelta para dirigirme a mi nueva casa, haciendo oídos sordos a sus maullidos amenazadores:

—¡Escucha bien lo que te digo! —Tomó aire y continuó— La próxima vez tendrás que enfrentarte a nosotros. Este es nuestro territorio.

Los maullidos amenazadores quedaron amortiguados por la distancia. No necesitaba oírlos para saber lo que pretendían, continué andando y dejé que el sonido de los martillos de la fragua, ahogaran los últimos sonidos de las amenazas de aquellos pandilleros. El golpeteo rítmico de los martillos se asemejaba a música invitando a la guerra, me prometí a mí mismo que volvería a ese lugar, para que esos fanfarrones pudieran probar el filo de mis uñas.

Día a día aumentaban mis deseos de iniciar una pelea. Tuve que luchar con los sentimientos. Mi corazón decía ¡lucha!, mientras que la razón decía que todavía no tenía la fuerza ni la destreza para enredarme en aquel enfrentamiento, y tuve que decidir, y pensé:«No tardaré mucho en saber pelear»

Después de tomar la decisión de iniciar la pelea, estuve todo el resto del día ideando la mejor manera para hacerlo, y solo surgía una única respuesta:«Entrenamiento»

Tenía un problema serio, no había peleado nunca, no sabía cómo debería comportarme ante una situación similar, con el agravante de que aquellos matones me superaban en número. Nuevamente apareció aquella vocecita que, de manera sugerente, me daba pautas para continuar. En aquel momento creí que se trataría de aquella mariposa que consideraba mi amiga, después creí que podía ser algún enviado de los dioses de mi especie, ahora creo que podía ser un fantasma burlón, que trataba de reírse constantemente de mí. Sea como fuere, me hizo una observación, que me convenció:

—Tampoco habías cazado, tampoco sabías cómo conseguir comida de las ventanas, y como ves, lo has aprendido.

Dejé aquel dilema para más adelante, y como era mi costumbre, al anochecer salí en busca de comida, —o como dijo aquella voz tan burlona— a lo que sea necesario.

Desconocía que este «a lo que sea necesario» se produjo en esa salida. La primera lección de lucha llegó aquel mismo día al anochecer, no había comido nada en todo el día y pensé que algún humano habría dejado su comida en la ventana, inconscientemente me dirigí hacia la fragua, tal vez me atrajeron los recuerdos y la añoranza de las cenizas calientes, o los restos de comida, normalmente pescado y arroz envuelto en una hoja de col.

Comenzó a dejarlos al poco tiempo que comenzaran a escasear los ratones, o posiblemente se había dado cuenta de mi presencia, procurando mantenerme contento con ese regalo, animándome a continuar en la fragua.

También esa noche, como en las anteriores, encontré las hojas de col al lado de las cenizas calientes, todavía estaba lamiendo las ultimas migajas, cuando escuché movimientos y chillidos extraños, mis ojos se encontraban habituados a esa semioscuridad de la fragua de un blanco lechoso, emitida por los rayos de luna que penetraban por el hueco de salida de humos, bañando un gran espacio del suelo dándole un aspecto casi teatral.

Recorrí con la vista el espacio iluminado, hasta que, atraído por chillidos entrecortados, vi a dos enormes ratas enfrentadas en una pelea a muerte. Me centre en sus movimientos, viendo cómo se elevaban sobre sus patas traseras, haciéndolo de la misma manera que lo hubieran hecho dos seres humanos.

Una frente a otra se vigilaban, y saltaban tratando de golpearse, después se agarraban por sus patas delanteras, me fijé en una de las ratas mucho más agresiva que su oponente, enseñaba los dientes amenazadoramente, antes de impulsarse con sus patas traseras, realizando un salto con total limpieza por encima de su oponente, que cayó sobre su lomo con los colmillos preparados para morder el cuello de su atacante.

Afortunadamente había comido, no deseaba salir a asaltar ventanas, porque en mi mente no había ningún pensamiento, que no fuera aquella pelea que acababa de ver, y que me había resultado tan provechosa. Uno a uno mantuve en la memoria todos los movimientos de ataque y defensa, pasé el resto de la noche tratando de reproducirlos lo más fielmente posible.

Sorprendentemente, al ir reproduciéndolos comprendí, ¡se trataba de los mismos movimientos que me había obligado a hacer mi antigua amiga la mariposa!

El descubrimiento me llenó de alegría haciendo que me volcase en el ejercicio con más ahínco, traté de conseguir la destreza necesaria para enfrentarme a aquellos fanfarrones de gatos pandilleros. «Venceré a todos y seré el dueño del territorio» pensaba mientras continuaba ejercitándome en la comprensión de los movimientos.

Durante este entrenamiento, desarrolle un sentido que desconocía, golpeaba al aire imaginando que mis enemigos se encontraban frente a mi, trataban de atacarme y procuraba responder a sus ataques, descubrí que debería actuar con rapidez para adelantarme a sus reacciones. Entrené duro imaginando a aquel gato grandote de color gris, ensayé saltos que me permitieran brincar por encima de él, caer sobre su lomo, clavarle mis garras, sujetándome a él para no permitir que realizara algún movimiento, que me hicieran caer al suelo, rápidamente estaba dispuesto para clavar mis colmillos en su cogote. La intención y la imaginación se hermanaban, para que, de manera imaginaria, pudiera sentir el calor de su carne desgarrada, y el sabor dulzón de la sangre.

Me dediqué a practicar las técnicas para la pelea un día tras otro sin descanso, al llegar la noche y a pesar de encontrarme cansado por el ejercicio realizado, animado por la euforia, me dedicaba a buscar comida en las casas del pueblo.

Poco a poco fui descubriendo que mis aptitudes físicas habían mejorado sensiblemente, ya no era el gatito miedoso, la alegría de este descubrimiento hizo que me arriesgara mucho más, ya no mepreocupaba que me vieran los humanos entrar en sus casas sentí que como había dicho Xing Huo, que era un gato mágico y maullé con fuerza:

—¡Soy el mejor!

Deseaba que mi fama llegase hasta las montañas y que mi madre se enterase que, Ninú era su hijo al que había despereciado. No me di cuenta de que me había convertido en un ser arrogante y prepotente. Se encontraba cercana la hora del conejo, —como llamaban los humanos a la hora cercana al amanecer—. Los excesos en la comida ingerida, hacían que me encontrase pesado, se acercaba la hora de volver a mi nueva casa para descansar y continuar entrenando, pero antes me acercaría a la fragua, no olvidaba mi antiguo refugio, el lugar donde había aprendido a cazar, el lugar en el que había dormido al lado de las cenizas calientes, mitigando los fríos amaneceres de la primavera, tuve que reconocer que ese había sido mi primer territorio, y me sentí orgulloso de haberlo descubierto, pero ahora disponía de mi nueva casa, suficientemente cercana para permanecer vinculado a la fragua, considerándola de mi propiedad:

—Es mi territorio, solamente mío.

Nada más decirlo escuché unos sonidos muy conocidos para mí. No era la primera vez que los escuchaba y conocía perfectamente quien los producía:

—¡Ratas!

Este reconocimiento provocó las imágenes de la lucha, se me erizó el pelo, y me preparé para un posible enfrentamiento. Instintivamente arqueé el lomo, sentí un placer extraño que me atenazaba el vientre, y abrí la boca enseñando los dientes, me asombró escuchar un sonido gutural semejante a un siseo, que surgía desde lo más profundo de mi interior.

En un momento pasaron por mi mente todas las imágenes de la pelea de ratas que había visto hacía ya un tiempo, y también sentí la pesadez de mi cuerpo, me lamenté por haberme dejado llevar por la gula.

No me habló el duende burlón que habitaba en mi interior, y a pesar de ello comprendí que estaba recibiendo una nueva lección, no podría permitir que el exceso de comida mermase mis aptitudes, en cualquier momento podía producirse un enfrentamiento con esos asquerosos roedores. No era el momento de las lamentaciones, una miserable rata se encontraba en mi territorio, y tendría que demostrarle que no era gratuito entrar en él sin mi autorización.

Todo sucedió de manera rápida, encontré a la intrusa, la pesadez del cuerpo pasó a segundo o tercer término, el miedo desapareció, en la fragua nos encontrábamos ella y yo solos en silencio, comenzamos a movernos y fui acorralándola hasta acercarnos a la pared, en ese momento me enseñó cómo debía utilizar ese obstáculo para tomar impulso, se trató de un aprendizaje memorable.

No olvido aquella primera pelea, ni mi inmadurez, puse en práctica todas las técnicas que había visto practicar a otras ratas, uniéndolas con las que veía utilizar a este nuevo contrincante.

Peleé y vencí, o eso creí en ese momento, en el furor de la refriega esparcimos las cenizas calientes, que colocaba el herrero para cubrir las brasas sobrantes, yendo a caer encima de un recipiente metálico, lleno de un polvo negro, que en algunos momentos había visto manipular al herrero y que al serle arrimado el fuego, producía una llama azulada, y en algunos momentos causaba una explosión similar a la de un trueno.

Con el fragor de la pelea, no puse atención en lo que estaba ocurriendo, sentía el placer de mi victoria, con la rata muerta a mis pies, solamente quería celebrarlo, y fue ese el momento en el que se produjo el estallido de un terrible trueno, que me arrancó del suelo como si me atrapasen unas manos invisibles.

La celebración finalizó bruscamente, en un momento me vi lanzado hasta la calle. Perdí el conocimiento, o tal vez se trató de algo más importante, desconozco el tiempo que permanecí en ese estado, fui despertando lentamente, todavía aturdido, fui arrastrándome, intentando encontrar refugio en mi nueva casa, en este estado de semiinconsciencia, llegué a creer que alguien o algo tiraba de mí, tenía dudas de que todo aquello fuera producto de un sueño, o tal vez se tratase de una ayuda, en la que unos seres extraños o tal vez divinos, habían sido enviados para ayudarme.

Fui introduciéndome en un pozo oscuro, rodeado por mi madre y mis hermanos, jugué con una extraña mariposa, respiré profundamente y me despedí de todos ellos creyendo que eso debía de ser ese estado tan terrible que los humanos llaman muerte.

Las primeras sensaciones fueron agradables, algo muy suave y húmedo mitigaba el dolor de mi cuerpo, intenté hacer una pregunta, y no pude oír mi maullido, y recuerdo que pensé:«Si esto es la muerte, no quiero volver a la vida»

Lentamente recuperé la consciencia, noté el calor de un cuerpo peludo pegado al mío, un suave ronroneo acompañando a una húmeda lengua que lamía mis heridas, intenté moverme para ver de quien se trataba, el dolor que experimenté al realizar el movimiento me impidió que me moviese de manera brusca. Al ir despejándome, tuve una sorpresa, nunca hubiera creído encontrar a mi lado a una pequeña gatita, de pelo blanco y abundante, casi parecía una bola.

El color blanco parecía perseguirme, lo vi al abrir los ojos en mi nacimiento y volvía a ver el mismo color blanco al despertar de lo que pudo haber sido una de mis muertes.

Tuve que sacar fuerzas para preguntarle:

—¿Quién eres?

La respuesta llegó en forma de siseo, y con un suave ronroneo me dijo:

—Ahora calla, necesitas descansar y reponer fuerzas.

Aquella joven gatita, hablaba con maullidos suaves, que me inducían al sueño, cubierta por un pelo blanco, sin manchas, con un collar brillante, pensé que alguien con semejante joya, no encajaba en mi entorno. Poco a poco fui abandonándome al sueño.

2 Segundo cuaderno

Aparto este primer cuaderno, necesito dar un paseo antes de comenzar a transcribir el segundo cuaderno, que atrae mi mirada como si tratase de que comience su transcripción.

Camino sin rumbo fijo, hasta llegar a un pequeño descampado, en el que han ido depositando en un orden dudoso diversos materiales, avisando del próximo inicio de una nueva obra. Algo más lejos atraen mi atención dos gatitos que olisquean entre unos matojos que crecen exuberantes a su libre albedrío. El pelaje negro de su lomo se combina con el blanco de su vientre, envuelto con el verde de la hierba.

Viéndolos jugar desde el otro lado del alambrado que circunvala el descampado; el blanco y el negro de su pelo, les hace parecer dos réplicas exactas de Ninu, el gato que me dictó esta historia, que poco a poco va superponiéndose hasta sustituirlos, al mismo tiempo mi vista se vuelve borrosa, para ayudando a trasladarme a otro paisaje en un lugar muy lejano.

Parpadeo para borrar la escena, las tierras lejanas desaparecen para dar paso al verdor de la hierba, los dos gatitos han desaparecido junto a Ninu

Mi segunda vida

Desperté, me encontraba solo, ¿Dónde estaba aquella pequeña gatita? Seguramente se había tratado de un sueño. Comencé recordando una explosión, me dolía la cabeza, y creí que se trataba de una visión en un momento traumático, a las que ya estaba empezando a acostumbrarme, tal vez se tratase de un efecto extraño producido por alguno de los golpes recibido al caer al suelo, tal vez fuera ese el motivo por el que me encontraba magullado.

Por mucho que intentase justificar lo que no terminaba de entender, no lo conseguí. Lo más extraño es que a mi lado había comida, un buen pedazo de carne, tal vez un poco estropeada por haber sido pasada por el fuego, pero se trataba de comida. Por más vueltas que le diese a mi cerebro, no recordaba haberla dejado ahí en algún momento del día, la única solución es que alguien había dejado aquella comida, acudió en mi ayuda ese duende interior que me hablaba en otras ocasiones:

— Ha sido esa gata entrometida.

Tenía dudas de que esa solución tan simple fuera la acertada, pero no tenía ganas de pensar más, necesitaba descansar, dejé aquellas elucubraciones para otro momento, en el que me encontrase más despejado. Fuese quien fuese, no era un enemigo, y lo habría hecho creyendo que al despertarme necesitaría comer algo. Me dejé arropar por ese último pensamiento, permitiendo que me envolviera nuevamente el sueño.

Acababa de comer con bastante esfuerzo, intuía que todavía tardaría un tiempo en recuperarme de las heridas recibidas por la explosión. Acabé con el cuerpo dolorido, y, aun así, intenté realizar algún pequeño movimiento. El dolor que había quedado adormecido, paso a ser demasiado intenso, miré los restos de comida que habían quedado, haciendo que me tranquilizase un poco, al pensar que no tendría que moverme si necesitaba comer, continué tumbado en total inmovilidad, tratando de ahorrar dolores y energía. En medio de la calma, me sorprendieron unos suaves e inconfundibles maullidos, que recordaba haber oído en mi anterior estado de inconsciencia:

—Ten cuidado, no hagas movimientos bruscos, todavía estás débil.

¡No había sido una ilusión! La miré fijamente, no se trataba de una gata de la calle, con toda la seguridad se trataba de una joven gatita de familia acomodada. Tenía muchas preguntas y necesitaba su respuesta lo antes posible:

—¿Quién eres, y porqué estás aquí?

Nuevamente los suaves maullidos de la gatita demostraron que pertenecía a una clase social acomodada:

—Me pusieron Lula, porque lo primero que hice fue aferrarme con las manos a una caña, como si quisiera tirar de ella.

Desde mi posición, realicé un esfuerzo para mirarla detenidamente. Era demasiado joven, apenas tendría la edad para ser madre, yo necesitaba una gata fuerte, no una cachorrilla de familia acomodada y que con toda la seguridad excesivamente caprichosa. Continué observándola, había algo en ella que me atraía, como si se tratase de alguien muy cercano, despertaba en mí el instinto de protección.

A pesar de su juventud, me agradó la manera de expresarse, de momento su respuesta me pareció satisfactoria, y le animé para que me relatase todo lo que supiera de lo sucedido, y los motivos por los que se encontraba junto a mí.

Animada por mi interés, se colocó a mi lado, como si fuese una enfermera, me acercó la comida, y continuó con su relato:

—Todo comenzó una noche que salí al jardín de la casa de mis amos, al verte salir de la herrería, y la curiosidad que despertaste en mí, hizo que te siguiera para ver qué es lo que hacías. Me admiré al ver la rapidez con la que trepabas hasta las ventanas, para apropiarte de la comida de esos tontos de seres humanos. Al llegar el día volvía a la casa en espera de que llegase nuevamente la noche para poder verte. Tal vez algún día te dieses cuenta de que te estaba siguiendo y me dijeses algo. Pero tú solamente tenías ojos para las ratas —esos seres tan inmundos—, y te entusiasmabas viendo como luchaban.

Esta última noche, vi como peleabas con esa otra rata grande, pasé miedo viendo como acercaba sus largos colmillos a tu cuello, parecía que habías perdido mucha agilidad, al final supiste apoyarte en la pared, para saltar por encima de ella, y clavar tus colmillos en su cuello.

Cuando estaba celebrando tu triunfo, sonó esa terrible explosión y una fuerza terrible te lanzó hasta el centro del descampado. Lo más peligroso vino cuando comenzaron a aparecer humanos gritando. Alguno llegó a decir que era culpa tuya por traer mala suerte a la aldea. Tuve que darme prisa para esconderte entre unas matas de hierba seca, después de un rato comenzaste a moverte un poco, y entre maullidos ininteligibles pude entender que querías venir a esta casa, la conocía porque te había visto cómo te guarecías en ella, traté de utilizar toda la fuerza disponible, tú también pusiste algo de tu parte, facilitando que pudiera ayudarte para que llegases hasta aquí.

Ante mí se desplegó un abanico de actuaciones, la voz de mi duende burlón comenzó a dar órdenes:

—Despídela cuanto antes. No sabe lo que quiere, esta gatita te traerá un sinfín de preocupaciones.

A pesar de lo que dijese el duende, no podía despedirla, ella me había ayudado, —egoístamente ganó este planteamiento— y decidí que de momento lo dejaría estar así, ya tomaría una decisión cuando me encontrase bien. Por otro lado, me asustaba que se engañase creyendo estar enamorada de mí, y me preocupó que lo creyese. No deseaba tener las responsabilidades propias de una familia, además esa gatita tan remilgada, no era el tipo de hembra que yo hubiera buscado para ser la madre de mis hijos, pero había demostrado ser muy valiente, y sabía cómo afrontar situaciones difíciles, no podía echarla de mi lado.

Encontré una solución intermedia, de momento trataría de hacerle ver que ella era muy joven y todavía no se encontraba preparada para ser mi pareja. Ambos pertenecíamos a dos mundos distintos y se lo dije procurando no ser cruel con ella. Esto último me hizo meditar, nunca había sentido nada igual, no hacía tanto tiempo, hubiera arremetido brutalmente, sin pensar en las consecuencias. Algo estaba cambiando en mí, y tendría que analizarlo con tiempo: «Creo que esa explosión me ha ablandado los sesos, tendré que olvidar todo esto, antes la hubiera echado de mi vida con cajas destempladas. Necesito una hembra fuerte, y que comprenda que soy un macho fuerte. Esta jovencita parece un alfeñique, que se preocupa más por su apariencia que de traer comida a casa»

Seguidamente surgieron otros sentimientos desconocidos para mí, los remordimientos por los pensamientos anteriores hicieron que me desdoblase en otro ser: «No puedo tratarla así, ella está ayudando para que pueda recuperarme pronto, de momento seremos amigos» —Y seguidamente— «pero que no se entrometa demasiado en mi vida, no lo podría soportarlo. No necesito ataduras.»

Pasaron los días, mejoró mi salud, y me habitué a las visitas de Lula, que llegaba todos los días puntualmente al anochecer,

jugábamos como dos cachorrillos traviesos, ayudándome a retomar mi antiguo estado físico. Me entusiasmaban los grititos de alegría de mi nueva amiga. Creo que hubiera sentido que hubiera dejado de visitarme. Pasaron unos pocos días más, y comenzamos a salir de la casa, dábamos paseos cortos, mis músculos fueron fortaleciéndose, permitiendo que se alargasen los paseos, hasta que un día sin darnos cuenta llegamos hasta el vertedero de basuras, Lula comenzó a hacer mohines, debido a la sensación de asco que le producía ver tanto desperdicio. La miré y pensé moviendo la cabeza con suficiencia: «Demasiado refinada»

Al darme cuenta del lugar al que nos había llevado el paseo, miré hacia el montón de basura, poniéndome en guardia al ver como se acercaba un gato gris. Se trataba del mismo que me había amenazado la vez anterior, que se acercaba con andares chulescos, la cola se elevaba creando una curva perfecta, continuó pavoneándose, vi que pretendía ningunearme, esperando que fuera yo el que provocase el enfrentamiento. Se acercaba al otro lado del riachuelo, y creyéndose protegido por la distancia, comenzó a decirle obscenidades a Lula.

Aquel comportamiento del pandillero me disgustó, quise creer que se trataba de justicia, pero todavía hoy dudo que no fuera otra la razón. A pesar de no comprenderlo, tengo que analizar mi reacción. Entre en cólera, y sin pensarlo dos veces, crucé el riachuelo, y me dirigí hacia ese gato sucio, enseñándole los dientes. No llegué a considerar el estado de mis heridas, las cicatrices no se encontraban suficientemente curadas, en mi interior bullía una hoguera alimentada por la ira. Con la cabeza baja y sin perder de vista al fanfarrón, comencé a girar a su alrededor, recordé mi última pelea y le dejé libre un pequeño resquicio, mientras estrechaba el círculo poco a poco, vi a mi oponente temblar de miedo. Me alegré sin dejarme llevar por la euforia. Ya no era tan valiente como la vez anterior que se encontraba arropado por el grupo. Su comportamiento resultaba deshonroso, no era como mi anterior oponente. Mi pensamiento voló hacia la rata, y admiré su valentía.

Había perdido el aliciente por la pelea, comprobé que había un único punto por el que mi oponente podía abandonar la contienda, y emití un sonido gutural, sorprendiéndome por su potencia, provocando que el gato gris aprovechase para huir despavorido, al encontrarse a salvo envalentonado, comenzó a gritarme amparado por la distancia:

—¡Nos volveremos a ver!

Me elevé sobre mis patas traseras para gruñirle, indicando que podría encontrarme en cualquier momento, a la vez me sentía el macho dominante exhibiéndose ante su hembra. La realidad es que me encontraba satisfecho, el enfrentamiento había finalizado sin pelea, me dirigí hacia el lugar en el que me esperaba Lula, la miré fijamente y me sorprendí al ver un gran cambio en ella, había dejado de ser aquella gatita molesta, para verla como una gata joven y atractiva.

En un instante había surgido un lazo de unión entre ambos, haciendo que desapareciesen las dudas, y los enfados, a partir de ese momento tendría que acostumbrarme a sus modales, y entre dientes me dije:

—Lo que no voy a hacer es cambiar. Soy un gato de pelea.

Llegué junto a ella, que rozó repetidas veces mi cuello con su cabecita, al mismo tiempo que ronroneaba sensualmente:

—¡Mi héroe!

En mi interior aparecieron unos extraños sentimientos desconocidos hasta entonces, no llegaba a comprender el motivo de que toda aquella euforia se asentase en mi barriga. Y fue en ese pequeño instante de locura, cuando sentí la necesidad de tener mi propia camada de gatitos peleones y traviesos, la miré a ella y como si hubiera adivinado mis pensamientos maulló como sabía, y me volvió loco, un instante solamente aprovechado por ella para dictar sus condiciones:

—A partir de ahora se acabó eso de dedicarte a las peleas, no necesitas demostrar nada, siempre serás mi héroe.

Tuve que digerir aquellas palabras, y aceptar su significado, comprendí debería sacrificar una forma de vida que había definitiva, para volverme un gato sedentario, y posiblemente barrigón. La miré de reojo y por primera vez hice caso a mi duende burlón:

—Te lo había advertido... esta gata quiere domesticarte.

Reconozco que dentro de mí se removió un sentimiento de rebeldía, la satisfacción que sentía en aquel momento, contrarrestó a aquel sentimiento travieso que pugnaba por salir a la superficie, y uno junto a otro, nos dirigimos a paso muy lento, como si quisiéramos alargar el momento, antes de iniciar la vida rutinaria, poco a poco nos íbamos acercando al edificio en ruinas, que ya consideraba como nuestro hogar, en el que nacería nuestra primera camada de retoños.

Todavía desconocía que aquella gatita blanca era imprevisible, tenía las ideas muy claras, y no permitía imposiciones de nadie. Con las primeras luces del amanecer se marchó a la residencia del jefe del poblado, un señor de la guerra de los Qin, en la que había nacido y vivía toda su familia.

Llegó nuevamente la noche, y Lula, no apareció como era su costumbre, no llegué a comprender el motivo de su tardanza, esperando su regreso, me quedé tumbado en el suelo para ver si llegaba, sin importar que lo hiciese más tarde de lo habitual.

La noche avanzaba, y la ansiedad por la ausencia de mi gatita. La ansiedad se transformó en ira, que crecía al oscurecerse la luz, me sentí abandonado, apareciendo los recuerdos de otro momento de tristeza, un nuevo abandono en mi vida, y volví a oír las recriminaciones de mi madre: «Tu puesto está al final, tus hermanos son más fuertes. Eres demasiado débil»

No podía continuar sintiéndome desgraciado, ya estaba bien de abandonarme a la pena. Di un salto y emitiendo un bufido de ira me reconvine en un fuerte maullido:

—Eres un idiota, esa mocosa te ha ablandado. Se ha reído de ti. Seguramente habrá otro gato más elegante que le guste más que tú. Es momento de salir a buscar gatas en celo.

A esa noche le siguieron tres más, y Lula continuaba sin dar señales de vida, noche tras noche, mi casa se fue llenando de gatas maulladoras. No me dejaban descansar en paz, la impaciencia hizo que recordase —como bien decía mi duende burlón—, demasiado a Lula, nuevamente sentimientos desconocidos se fueron apoderando de mí. Acababan de nacer los remordimientos que se dedicaron a arañar mi estómago con unas uñas más afiladas que las mías, la ansiedad de no tener noticias de mi gata no sabía si le había ocurrido algo, me encontraba en un estado en el que no me era posible mantener la calma.

Nuevamente fue ese duende burlón, quien se encargó de meter el dedo en la llaga, agrandando mi inquietud, que había tratado de encerrar en una celda de la que no tenía la llave:

—¿Tienes la seguridad de que te ha abandonado? —Por si esto era poco continuó— ¿No crees que ha podido pasarle algo malo?

Maldije a aquel ser que trataba en todo momento que los remordimientos no me permitieran alcanzar la paz. Me levanté de un salto dispuesto a ir a buscarla y conocer los motivos de la ausencia.

De pronto todo cambió, un sonoro maullido hizo que las gatas gritonas callasen de golpe, y mi cara resplandeciese con una sonrisa:

—¿Qué hacen todas estas busconas en mi casa? —Enfadada como no la había visto otras veces continuó—He estado cerrada en un maldito cuarto trastero durante todo este tiempo, sufriendo porque no podía decirte nada, y tú te diviertes con todas estas.

Al verla así de enfadada me pareció la gata más bonita del mundo. Me puse de pie de un salto, y corrí hacia ella. Allí estaba nuevamente, tan pequeña con el pelo erizado, convertida en una bola blanca, se dirigió a mi con maullidos acusadores:

—¿Qué haces ahí parado? Échalas a todas de esta casa, o me marcho y no vuelvo más. —Reconociendo mi culpabilidad, intenté disculparme, pero ella como si supiera lo que iba a decir, continuó— Crees que no voy a volver, y en vez de ir a buscarme, te entretienes trayendo a casa a todas estas. —Hizo un pequeño descanso, y cuando creí que había concluido, continuó— No creerás que vas a tener hijos bastardos con todas ellas. Tus hijos son descendientes del dios Fuxi.

Toda aquella perorata me dejó desconcertado, nuevamente aparecieron los remordimientos. Emití un fuerte maullido y todas aquellas gatas callejeras comenzaron a salir de lmi casa entre maullidos de protesta. Me dirigí hacia el lugar en el que se encontraba Lula, que movía la cola con señales inequívocas de enfado, me enfrenté a ella con la cabeza gacha, reconociendo mi culpabilidad, y como si fuera un cachorro esperé un rato para recibir una regañina:

—Céntrate y cambia, vas a ser padre, y no quiero que mis hijos se comporten como pandilleros.«Hijos» mi mente comenzó a trabajar repitiendo:

—¡Hijos... has dicho hijos!

La noticia me dejó sin saber que decir, al parecer iba a ser padre y no sabía cómo actuar, nunca había tenido un padre real, ni tan siquiera uno de repuesto, pero lo peor estaba por llegar, Lula siguió maullando, y dando órdenes:

—Tienes que conocer a mi familia. Ya les he hablado de ti.

Me sentía confuso, me comporté como un cachorrillo pillado en falta, no podía asimilar tantas noticias, mi mente abrumada repetía sin cesar:«Voy a ser padre... voy a ser padre»

Recordándolo después de tantos años, creo que se trataba de una mezcla de orgullo, placer, mezclado con una parte de miedo. Comenzaron a asaetearme cientos de preguntas. Si continuaba así me volvería loco, no me importaba enfrentarme a enemigos peligrosos y me asustaba de algo tan natural como ser padre.

«No puedo permitir que la responsabilidad me asuste» pensé, tenía algo más urgente de qué preocuparme. Debería conocer a la familia de Lula, en mi mente se había creado una idea de ellos, creí que con toda seguridad se trataría de una familia muy estirada. Superé mis prejuicios y accedí a la petición de Lula. Tengo que reconocer que, por aquella gatita estaba dispuesto a pasar por lo que fuera necesario. A una sola cosa no estaba dispuesto:

—Conoceré a tu familia, pero esta es mi casa. En la que viviremos y nacerán nuestros hijos.

Lula, fue acercándose y me acarició con su cabecita peluda, y sentí como si mi interior se derritiese. Creí que era el momento de conocer a su familia. Demostré la misma alegría que hubiera sentido esperando que el amo humano, provisto de un hacha esperase que colocase mi cabeza en el taco de madera para ser cortada, nos dirigimos lentamente a conocer a su familia en la casa del jefe de la aldea.

Un padre es un padre

A partir de aquel momento, mi vida cambió radicalmente, la barriga de Lula comenzó a crecer, y durante ese tiempo procuraba buscar la comida más apetitosa para ella, y al contrario que en otras ocasiones en las que había salido en busca de comida, en cuanto la conseguía, me apresuraba a regresar a casa cuanto antes.

Durante mi ausencia, me preocupaba que Lula, se quedara sola en casa, hubiera preferido pertenecer a una gran familia, en la que las gatas viejas cuidaban de las jóvenes recién paridas o preñadas, pero tampoco estaba dispuesto a vivir en compañía de sus padres, eso me hacía desear volver cuanto antes. Fueron esas mismas prisas las que me hicieron cometer errores y no prestar atención a lo que sucedía a mi alrededor.

Estaba anocheciendo, y a pesar de que fuimos a ver —mejor dicho, a que me conocieran— los padres de mi hembra, debido a que tuve que entrar a escondidas, trataba de evitar acercarme a la casa grande del jefe de la aldea, el «dueño» —me costaba utilizar esta palabra por encontrarla degradante — al referirme a la casa en la que vivían los padres de Lula.

Esa visita me hizo ser consciente, de que yo no era precisamente el tipo de pareja hubieran deseado para formar parte de la vida de su hija, hubieran preferido que se fijase en un gato originario del antiguo reino de Siam, que andaba por la casa con aire de superioridad, —y sospeché que a él le gustaba Lula — se movía ante ella elevando la cola para realizar una curva perfecta, maullaba con suavidad arrastrando los sonidos que, al referirse a mí, resultando suavemente insultantes. Sentí ganas de emitir un bufido, pero me contuvo la mirada suplicante de Lula.

Recordando ese amago de travesura, deseaba revolcarme por el suelo por la risa, quedando congelada, aquel «petimetre» apareció ante mí en compañía del padre de Lula, impolutos, con el pelo recién lavado, y los collares de piedras relucientes, en sus cuellos, tan pagados de sí mismos, que mi estómago comenzó a emitir sonidos extraños, similar al desprecio con mezcla de ira. Me contuve, le debía un respeto al futuro abuelo de mis hijos.

No éramos los únicos en aquella calle, por el otro extremo aparecieron mis antiguos conocidos del vertedero de residuos. Intuí que se avecinaban problemas, y no era el momento de huir, no se encontraba en mis propósitos la fuga ante una buena diversión, vigilé a aquellos fanfarrones callejeros para adivinar cuál sería su primer objetivo, por la manera de actuar llegué a la conclusión de que se dirigían hacia los gatos elegantes. Los vigilé, para analizar su estrategia, y lo vi claro, yo me encontraba solo y también era un gato callejero, sabían que no dudaría en enfrentarme, y que sabía luchar, debido al odio existente entre ambas clases sociales, creyeron que no me inmiscuiría.

Desconocían lo que era una buena estrategia, sin darse cuenta me darían la espalda y podría hacer dos cosas, la primera era retirarme, como he dicho antes, esa opción no entraba en mis planteamientos, así que solamente disponía de una opción válida. Nuevamente aparecieron las preguntas de mi duende interno:

—¿Realmente piensas ayudarles? —continuó con una segunda pregunta—¿Les ayudaras inmediatamente o esperarás a que reciban algún arañazo?

Después de formular las preguntas, escuché sus risas al retirarse. No me extrañó, era mi duende burlón, y nunca sabía si decía las cosas en serio o en broma. Traté de olvidarlo para ir observando a los visitantes, estaba ocurriendo lo que ya había previsto. El grupo de gatos callejeros comenzaron a rodearlos, y tan sólo tres se dedicaron a vigilarme, creyendo que serían suficientes para detenerme en el caso que decidiera intervenir.

No contaban con mi entrenamiento, mis patas traseras dieron un impulso, se oyó un golpe seco contra el suelo y volé literalmente para caer en el centro del círculo, ericé el pelo del lomo que creó un arco tenso. Me encontraba dispuesto para entrar en combate.

Mis ojos parecían una línea con visión de los laterales, lo que me permitió ver al gato siamés, retroceder lentamente dirigiéndose hacia el interior de la casa, mientras decía con maullidos aflautados:

—Necesitamos ayuda.

¡Cobarde! Es lo que pensé, No le presté más atención, resultaba gratificante que se hubiera ido, había uno menos para preocuparme por su seguridad. Dudaba que los dos solamente pudiéramos contener una envestida de aquellos gatos, algo me decía que, si podíamos aguantar un primer ataque, tendríamos más posibilidades de salir medianamente airosos de la pelea. Miré al padre de Lula para infundirle ánimo, y quedé sorprendido al ver el cambio de actitud que se había experimentado en él, su cara manifestaba el placer de la excitación ante una pelea tan desigual, se colocó a mi lado con su pelo erizado, que lo hacía parecer una bola de algodón blanco. Uno junto al otro, tan distintos y al mismo tiempo unidos por un mismo pensamiento. Resistir y golpear, dispuestos a defendernos. Una última mirada a mi compañero antes de que nuestros atacantes se lanzasen en tromba hacia nosotros, Sus orejas parecían dos puntas de flecha saliendo de la bola de algodón, sus ojos miraban al grupo de atacantes, y les enseñaba sus afilados dientes, avisándoles de lo que les podía ocurrir si se acercaban demasiado.

Sin que nadie nos lo hubiera enseñado cómo hacerlo, fuimos arrimando las nalgas del uno, junto a las del otro, como si se tratase de una pared, en la que poder ejercer la presión necesaria para unir ambas fuerzas. En un momento comenzó el combate más extraño que he vivido jamás. Desaparecieron los gatos para encontrarnos ante una maraña de garras y dientes, y lo más extraño es que siempre aparecía un hueco por el que contrarrestar sus ataques.

Hoy solamente viene a mi memoria un sinfín de sensaciones mi espalda protegida por una gran pared, impidiendo que me atacasen por ese lado, al mismo tiempo mis nalgas no perdían el contacto con las de mi compañero, entiendo que era esa la sensación de pared. En medio de la refriega, mis zarpas golpeaban sin descansar, haciendo que los cuerpos de mis atacantes cayesen al suelo entre maullidos de dolor, sus cuerpos amontonados uno sobre otro, formaban una barrera impidiendo que el resto de atacantes se acercarse hasta nosotros dos. Se trató de una pelea memorable, la recuerdo bien porque con esa pelea se acabó mi vida de gato pendenciero, a partir de ese momento me convertí en un gato pendiente de mi familia.

Como había calculado anteriormente, el cansancio tuvo un efecto desmoralizador en ellos, nuestra defensa no paraba de romper sus ataques. En nosotros causó un efecto distinto. La pelea comenzó a tener pequeños descansos, que se ampliaron considerablemente por la desmoralización, producida por la falta de efectividad, anunciando un final previsible, que en nuestro caso deseábamos que fuera honroso.

Era el momento de tomar contacto visual con ese compañero, muy desconocido, y en mi caso obligado, debido a los vínculos existentes a través de mi pequeña gatita, y que después de haber peleado garra a garra, comenzaba a considerarlo como a alguien de mi propia familia, no sabría decir si como un hermano mayor, o tal vez ese padre que nunca tuve, y que sin saberlo había creído que aparecería en el momento más inesperado, pero que a pesar de mis deseos nunca había aparecido ni tan siquiera en los de mayor necesidad. Ya no lo necesitaba, era un gato adulto y entendí que podía haber otros gatos a quienes poder considerar de la familia. Había llegado el momento de relajarnos un poco y separarnos de esa unión corporal que nos había ayudado a construir la defensa.

Me separé de él, busqué su mirada para comprobar que no había sido herido, lo que vi no lo olvidaré jamás, aquella bola blanca delicada, se había teñido de rojo con la sangre de nuestros oponentes, me preocupé por él creyendo que se encontraba herido y mi pensamiento fue hacia su hija, la gatita que se había convertido en mi compañera, preocupado le pregunté:

—¿Te han herido?

La respuesta me llegó en un maullido — que no he vuelto a escuchar nuevamente— tan parecido a la risa humana, como el emitido en aquel momento por Xuĕ fā. Era la primera vez que en mi pensamiento se formó su nombre —Pelo de nieve— y el sorprendí que en los dos apareciese la nieve como parte integrante del nombre, después dejó de reír y me dijo:

—Joven, hacen falta muchos como estos fanfarrones para que lleguen a tocarme. ¿Crees que he sido siempre un gato doméstico?

Esperé a que se fueran los heridos renqueando y me despedí de mi nuevo camarada, que con sus característicos maullidos alegres me gritó:

—Lávate antes de ir a casa. No quiero que asustes a mi hija. Mañana os espero para comer.

Su último maullido fue perdiéndose en la distancia, y pensé que aquel gato había convivido tanto tiempo con los humanos, que había olvidado lo más importante de su esencia felina, miré a la luna asomando por el hueco abierto entre dos grupos de nubes, emitiendo un maullido, que convertí en juramento:

—Lucharé siempre por la libertad de mis hijos.

¿Un juramento? O simplemente un deseo, Todavía no sabía que la vida de la misma manera que mi duende burlón, le gusta gastar bromas y generalmente muy pesadas, pero en aquel instante mis convicciones eran muy firmes:

Si para conseguir que mis hijos creciesen en libertad, tenía que abandonar la compañía de los humanos, lo haría. Esta decisión hizo que recordara a mi madre y su carácter difícil, llegando a comprender su decisión de buscar una guarida en la montaña. Siguiendo sin saberlo la forma de vida de sus antepasados.

Me fui acercando a mí territorio, pase delante de la cabaña de mi antiguo dueño Cheng Yu, un poco más adelante la vieja fragua con la pila de agua, después de mi primera experiencia, no me gustaban nada los lugares en los que habría más agua que la altura de mis zarpas, se trataba de un sacrificio que debía asumir, no podía llegar a casa con el pelo tinto en sangre. Agucé mis orejas porque tenía la sensación de que desde la oscuridad unos ojos se clavaban en mi cogote, por otra parte, aparecieron los recuerdos de mi última experiencia finalizada por una explosión.

No tenía más remedio que llegar hasta la pila del agua, para que quien me seguía creyera que trataba de beber agua o atusar mi aspecto un tanto desaliñado, debido a toda la sangre seca impregnaba mi cuerpo. Aquí había un dilema si me estaba siguiendo alguien para mí era lo suficientemente peligroso introducirme en el agua, podría ser atacado en ese momento debido al miedo que todavía conservaba a las masas de agua.

Me fié de mi instinto, que continuaba avisándome de la existencia de alguien vigilando mis movimientos.

No debía distraerme, tenía a mi favor el conocimiento minucioso del terreno, durante un tiempo había tenido que vivir escondido en aquel lugar. Me encontraba tranquilo, en el caso de un ataque, tenía la ventaja de mi parte.

Como si nada me preocupase, inicié un suave trote atravesando el descampado, para llegar a alcanzar en un momento la zona oscura, en la que se encontraba la entrada a la fragua.

Me encontraba en mi antiguo refugio, busqué unos huecos entre los hierros, que me permitiera convertirlo en observatorio. No fue larga la espera, al poco tiempo, apareció un gran gato de andares lentos, un tanto renqueantes, como si le costase moverse debido a alguna dolencia. Se acercó a la zona iluminada y pude ver el color de su pelaje, mi sorpresa fue al ver que me recordaba al color de mi propio pelo, o al menos el que había visto reflejado en el agua al ir a beber. El lomo negro contrastaba con la blancura de su vientre. Mi corazón palpitaba con fuerza, necesitaba que se acercase un poco más, que llegase a la zona iluminada para ver su cabeza. Mi corazón brincaba en mi interior llenándome de ansiedad, tenía la necesidad imperiosa de ver todos y cada uno de los detalles de aquel viejo gato.

Se fue acercando lo suficiente, hasta llegar a mostrarse por completo, como si supiera que estaba observándolo con todo detenimiento, deteniéndose para evitar entrar en la zona sombreada maulló con fuerza:

—Puedes salir, estoy solo.

Comencé a salir de mi escondite, sin abandonar la oscuridad, sabía que me miraba con detenimiento, con más claridad si cabe que si nos hubiéramos encontrado a plena luz del día. Repasé todos los detalles, hasta el más insignificante de su cuerpo, buscando algo que confirmase que había algo más en común entre los dos, que la simple semejanza de nuestro pelaje.

Recorrí cada uno de los rasgos de su rostro, quedando impresionado al ver la cuenca vacía de uno de sus ojos, mi corazón dio un brinco al descubrir junto a la cueca vacía el detalle que estaba buscando. La cicatriz finalizaba en una estrella blanca, en el centro de la frente.

Aquel gato tenía la capacidad de sorprenderme, y me molestó reconocer que nuevamente funcionaba su instinto adivinatorio, lo dejé hablar pese a que sentía ganas de golpearle:

—No busques más. Aunque te cueste creerlo, eres mi hijo.

Lo dijo con tal rotundidad que tuve que creerle. Analizando aquel momento creo que me importó muy poco, fuese o no mi padre. Siempre había creído que, si me encontraba con él, le escupiría a la cara todo mi odio, por haber abandonado a sus hijos. Aunque en realidad fue mi madre la que lo abandonó. ¿Por qué me empeñaba en culparlo solamente a él? Después de tantos años he llegado a creer que siempre necesité a ese padre ausente, en ese momento pude darme cuenta de que, en lo referente a mi padre, tan sólo me quedaban dos sentimientos, vergüenza y pena.

Vergüenza por ver quien era mi padre, y pena al ver en quien se había convertido. Me mantuve en silencio hasta conocer el motivo por el que había decidido seguirme, no me defraudó, él no tardó mucho en decirlo:

—Desde hace un tiempo he estado observándote, te he visto luchar contra esos tontos, y también te he mezclarte con esos otros estirados, que creen que son descendientes de algún dios, y sirven a los humanos. Estoy viejo, pero todavía me queda el cerebro, —dijo tocándose la frente— si te unes a mí, nos haremos los dueños de todo el territorio. Si hubiera recibido esa misma oferta antes de conocer a mi compañera, la hubiera aceptado sin dudarlo, entonces era muy joven y tenía ganas de comerme el mundo, hasta llegué a creer que sería el jefe de un gran clan gatuno. Habían pasado muchas cosas, ya no era el mismo, algo había cambiado en mi, se trataba de lo mismo que yo había deseado hacía relativamente poco tiempo, al escucharlo de boca de mi padre, me parecía ridículo, en ese momento pensé en Lula, que estaba a punto de parir, había decidido que mis hijos se criarían lejos del contacto con los humanos. No pude evitar que recordase nuevamente a mi madre, y aunque no podía entender que me hubiera repudiado, comprendí su enfado con el gato que tenía delante de mí, y al que me parecía físicamente sin ningún género de duda. No estaba seguro de que el parecido pasase del estrictamente físico.

Me preparaba para darle una respuesta adecuada, pero no tuve tiempo para hacerlo, desde la calle central de la aldea, vi cómo se acercaban a mi padre el mismo grupo de gatos callejeros con los que me acababa de enfrentar, lo más sorprendente era que llegaba dirigiendo el grupo una gata adulta, que al llegar a su altura comenzó a maullar airadamente a mi padre:

—Permitiste que estos tres jefecillos creyeran que podían sustituirte, y no hiciste nada. Estás viejo, y ya no queremos que seas nuestro jefe.

Aquello se estaba poniendo interesante, esperé a que mi padre le respondiese a la propuesta que estaba haciendo aquella gata atrevida. No es que no pensase que una hembra no estaba preparada para dirigir a aquella caterva de gatos maleantes y vagos. Si cualquiera de esas gatas se comportaba con la mitad de fuerza de Lula, darían un vuelco al grupo. Mi padre se apresuró a tomar la palabra tratando de defender su jefatura:

—Me conocéis bien, la mayoría de vosotras habéis parido hijos míos. Os he defendido de animales mucho más fuertes, y

acabo de resolver quien puede ayudarme en la jefatura, y con el tiempo será nuestro único jefe.

Unas cuantas gatas le preguntaron enfadadas:

—¿Quién es esa joya que tienes oculta?

No había sentido nunca, mejor dicho, casi nunca, tanto placer, al ver como trataban de acorralar a mi padre. Estaban consiguiendo ponerlo en apuros, lo veía confuso, su soberbia no le permitía comprender el motivo por el que unas hembras lo trataban así a él, un gato que se creía el más fuerte, y para más cachondeo, unas cuantas más, se habían unido a la hembra que llevaba la voz cantante, a su lado había otras cuatro gatas, que al mirarlas más detenidamente, me resultaron conocidas, al final las recordé, eran aquellas que Lula, me obligo a despachar de mi casa.

Pero la función de teatro acababa de comenzar, mi padre como primer actor, se irguió para continuar manteniendo su estatus como jefe, creyendo que tenía las de ganar, tomó la palabra:

—Ya lo conocéis, de trata de uno de mis hijos, lo habéis visto pelear, y sabéis que es capaz de asaltar las casas de los humanos, esta noche se ha encargado de mantener a raya a todos los machos de nuestro clan.

Una algarabía de maullidos imitando carcajadas, atronó el espacio de la herrería, todas ellas estaban dispuestas a crear una jefatura matriarcal:

—Eso no va a suceder. Hemos hablado con su hembra y nos ha dicho que sea cual sea la propuesta, no debemos aceptarla, debemos ser nosotras quienes tomemos la jefatura.

Aquello me sorprendió mucho más de lo esperado, lo que había comenzado con tintes de comedia, tenía toda la pinta de convertirse en una tragedia. Ya había visto como las gastaba Lula, y no quería aceptar aquella jefatura que con toda seguridad me obligaría a rechazar, dejándome como un pelele, así que, sin perder más tiempo, salí de las sombras al terreno iluminado, y comencé mi mejor actuación.

En primer lugar, debía parecer un gato macho creíble, uno como los que estaban habituadas a ver, cambié la expresión erizando el pelo del cogote y arqueando el lomo, después me dirigí con pasos cortos y seguros, hacía la gata que había adoptado la figura de jefa, al mismo tiempo que emitía un ronroneo amenazador. Achiqué los ojos y la miré con fijeza, me había visto luchar contra los machos del grupo, reconocí mi triunfo al verla dudar, tuve que esforzarme en contener un maullido de risa, y comencé a hablar con otros maullidos más airados:

—No eres tú, ni mi hembra, quienes debéis decir quien dirige este clan. Si alguien cree que puede hacerlo, lo reto a una pelea, y el que triunfe será el jefe.

Fui mirando a todos los machos uno a uno, y retrocedieron unos pasos declinando el reto, después me dirigí a las hembras que se miraban entre ellas para ver si alguna se atrevía a aceptarlo, al final la gata más atrevida que había tomado la jefatura se dirigió al grupo:

—Creo que Ninu puede ser nuestro jefe, ponemos como condición que se vayan todos los que no han sabido dirigirnos.

Quedé satisfecho al ver que mi actuación había causado el efecto deseado. Era el momento de mostrar lo que realmente estaba pensando, miré a mi padre, le indiqué que viniese a mi lado, y tuve que mirarlo fijamente para que se acercase:

—Lo más importante para ti eres tú mismo, sin pensar que como jefe tenías que pensar en todos los que pertenecen a tu clan. Deberías marchar fuera de esta aldea, pero creo que puedes ser más útil tratando de aconsejar a quien a partir de hoy, ostente la jefatura.

Tengo que confesar que al decir todo aquello sentí un placer similar al producido por la la venganza esperada durante largo tiempo, hasta ese momento no pensé encontrarme con él, ni tan siquiera había pensado que pude tener un padre como el resto de gatos. Tuve que asimilar la nueva situación. También yo tenía un padre, tal vez no se tratase de un padre ejemplar, y tal vez por eso pude comprobar que no tenía sentimientos definidos en los que un ser como él tuviera cabida, una vocecita interior me decía que un padre siempre será un padre, tal vez por eso decidí que estaba mejor sirviendo de consejero al jefe del clan. Pero aún quedaba por decidir quién ocuparía ese cargo, y el placer lleno todo mi cuerpo, lo tenía decidido:

—Aún queda por decidir quién será vuestro jefe, —señalé ala gata que había encabezado la revuelta y continué diciendo— he decidido que seas tú.

Esperaba ver el gesto de disgusto de mi padre, que fuera de sí comenzó a protestar:

—¡Es una hembra!

—Si. No soy ciego y creo que desempeñará bien su cargo, si no estás dispuesto a ayudarle, puedes iniciar un viaje largo hacia la montaña. —Le conteste.

Nombrarle la montaña fue suficiente para calmarlo, en ese momento no lo comprendí, yo había nacido en la montaña y es un lugar con comida suficiente y alojamiento. Pero yo no era un gato urbano. Me lo explico más tarde Lula, me contó que era la amenaza utilizada para asustar a los cachorros si se portaban mal. Según decían los gatos más antiguos, la montaña estaba llena de zorros y otros seres malvados que se dedican a matar gatos, por no hablar de los cazadores humanos, que cazan gatos grandes los desollaban y vendían sus pieles, a los cachorros les cortaban la cabeza y los vendían a las casas de comidas.

¡Que extraña es la vida! Cuando vivía en la montaña, mi madre me amenazaba con ser un gato doméstico. Era momento de asearme un poco y volver a casa, me sentía satisfecho, había actuado como un verdadero juez, y no pude evitar una sonrisa malévola, al recordar la cara de mi padre por estar al servicio de una hembra, algo impensable en un macho dominante.

—Has sido demasiado blando con ese gato que es un déspota y un egoísta. —Dijo mi vocecita interna.

Sonreí mientras decía con un maullido:

—Un padre, es un padre.

3 Tercer cuaderno

En cada cuaderno que comienzo, observó la evolución de los trazos de la letra, el lapicero ha desaparecido, recuerdo que en aquel momento comencé a utilizar una pluma. Procuraba guardar entre los cuadernos del baúl un tintero. Había dejada a un lado los cuadernos de doble línea para adoptar uno con tapas azules, de una sola línea.

Mientras lo abro, voy recordando los momentos en los que se ha acercado hasta mi la muerte, en forma de accidentes explosiones y unas cuantas más. Entre bromas suelo decir que ya he vivido más vidas que cualquier gato.

Al ir transcribiendo estos cuadernos, comienzo a dudar si en mi infancia, llegué a heredar algo de aquel gato que fue mi amigo.

Me temo que nunca lo sabré. Un nuevo juego consistente en buscar un escondite en la vieja fragua ya en desuso, ubicada en la planta baja de mi casa, el yunque, la piedra de afilar, o el fuelle, eran elementos demasiado conocidos. Al fondo una puerta metálica me atraía constantemente, solamente el miedo a lo que encontrase tras ella, hacía que no intentase traspasarla.

Hasta que un día me sentí con la valentía suficiente para intentarlo. En ese momento no me encontraba solo, junto a mi estaba mi amigo, mi gato; los dos juntos nos atrevimos a traspasarla. Se que los dos estuvimos un buen rato en aquella cueva, pero no recuerdo que sucedió en su interior.

Todavía tengo ese paréntesis sin llenar.

Mi tercera vida

Sin apenas darme cuenta, me había metido en un buen berenjenal, mis primeras ilusiones de dominar el mundo desaparecieron de un plumazo. Mi preparación para la pelea, la utilizaba únicamente, en la lucha para conseguir la alimentación diaria, y poder mantenernos a los siete miembros de la familia. Había desaparecido ese deseo de la tan cacareada libertad.

Todo este cambio no fue repentino, sucedió de manera paulatina, en primer lugar, se produjo al unirme a Lula. Sin tiempo para adaptarnos a esa nueva vida, llegó la hora del parto, trayendo a cinco pequeños gatitos sin pelo, mostrando las arrugas de su piel sonrosada, protestaban emitiendo unos soniditos molestos, aunque en aquel momento la ilusión los hacía parecer graciosos, todavía no me es posible comprender, si era su manera de manifestar desconcierto por encontrarse en un lugar distinto a la barriga de su madre, o se trataba de la necesidad de recibir su alimento. Sucomportamiento hizo que recordase aquellos momentos en los que tenía que luchar con mis hermanos para recibir la comida que necesitaba. Afortunadamente mis hijos tenían pezones de sobra, su madre permanecía tumbada, permitiendo que los pequeñines pudieran alcanzar su lugar de repostaje, y yo me encargaba de que no le faltase la comida necesaria.

Permanecía mirándolos durante muchos momentos, en cantidad de ocasiones, provocaba con ello el enfado de Lula, que no permitía que nadie se acercase a ellos, debido al exceso de celo en la protección de los pequeños.

Los recuerdos brotaron a borbotones, fueron apareciendo mi madre, mis hermanos, la mariposa. No había podido superar el momento en el que mi madre me había rechazado.

El dolor que me producía el recuerdo hizo que mirase hacia mis hijos, sin comprender el comportamiento que mi madre había tenido conmigo.

El recuerdo de la mariposa pasó a ocupar un lugar preeminente, agrandándose hasta convertirse en único, generando dudas, que durante un tiempo revolotearon en mi mente, fundiéndose en una sola pregunta, que requería encontrar el hilo que me permitiera desentrañar todo el barullo creado en mi cabeza: «¿Por qué se fue de mi lado aquella mariposa?»

Por más que me esforzaba, no podía encontrar la respuesta en aquel momento, algo en mi interior me decía que debería esperar, a que surgiera algo que me permitiera alcanzar su comprensión. Mientras tanto decidí borrar las preocupaciones que no podía resolver, ante mi tenía algo mucho más tangible. Cinco nuevas bocas que pedían constantemente atención.

El tiempo se ralentizó, alrededor de los cachorrillos, volví a mi rutina de la búsqueda de comida al anochecer, debía alargar el tiempo que me costaba conseguir la cantidad de comida adecuada, cada vez tenía que realizar más de una salida en la misma noche, debido a la necesidad cada vez mayor de conseguir más alimentos. En estos días no encontré a ningún otro gato, parecía que se los hubiera tragado la tierra, o tal vez no querían inmiscuirse en mis redadas.

Pese a la cantidad de trabajo, la ausencia de peleas resultaba demasiado estresante. No estaba acostumbrado a una vida tan tranquila, y sin embargo sabía, que debería adaptarme a esa nueva forma de vida.

Pasaron los días y mis gatitos comenzaron a seguir a su madre, los miraba con orgullo observando la manera que tenían de comportarse en los juegos que compartían. Ante mi se encontraban cinco gatitos revoltosos, reclamando la atención de su madre, pasaban el tiempo jugueteaban entre ellos, otro de sus entretenidos era subirse por encima de mí, en el momento que me veían descansando, provocando que les diese un zarpazo con suavidad, correteaban durante un breve momento, para volver nuevamente a la carga con sus juegos, utilizándome como un territorio a conquistar.

En esos momentos recordaba inevitablemente, mis primeros entrenamientos y traté de convertir sus juegos en sus entrenamientos, que más adelante serían necesarios para que fortalecieran sus tiernos músculos, pudiendo cazar y saltar con total seguridad.

Pasaron unos cuantos días, y llegó el momento de realizar la primera salida al exterior, creo sinceramente que dábamos una imagen de la familia de gatos domésticos perfecta, cinco cachorrillos marchando en fila siguiendo los pasos de su madre. No me fiaba de ellos y me dediqué a recorrer la fila unas cuantas veces, asegurándome de que continuaban todos ellos en perfecta formación, sobre todo la más pequeña que remoloneaba por detrás de sus hermanos entreteniéndose con el vuelo de una mosca. El paseo nos llevó hasta las cercanías de la casa en la que vivía la familia de Lula, se trataba de una gran mansión sobre una pequeña elevación de terreno, aislada del resto de casas de la misma calle, y rodeada por una cerca de madera. Detrás de las casas más humildes, se extendía una pequeña explanada de tierra árida, nos dirigimos hacia ese punto porque no deseaba encontrarme con aquel odioso gato presumido originario del reino de Siam. Deseaba aprovechar ese momento para enseñarles a perseguir moscas o acercarse a las lagartijas, enseñándoles a inmovilizarlas con sus pequeñas zarpas, y sobre todo que viesen lo que pasaba si intentaban sujetarlas por la cola.

Eso fue lo más divertido del día. Apareció entre unas piedras, una lagartija grande y gorda, su gruesa panza blanca rozaba el suelo, abría la boca como si estuviera bostezando y se movía con una torpeza aparentemente. Me pareció oportuno que los cinco cachorros, se iniciasen en una cacería, los cinco la observaron la estudiaban, y se movían inquietos, como si no se atreviesen a atacarla, fue la más pequeña de mis gatitas la que reaccionó con mayor rapidez, lanzando rauda su patita hacia la cola del reptil. ¡Oh sorpresa! La cola se desprendió y la gatita retiró rápidamente la zarpa sin saber cómo actuar, perdiendo con la duda, un tiempo precioso, se entretuvo jugando con el trozo de la cola que había quedado atrapada por su pata, se acercaba a ella y retrocedía al ver como trazaba eses creando curvas sinuosas, mientras tanto la lagartija aprovechó la indecisión para ocultarse con rapidez entre las piedras. Decidí finalizar esa primera lección, reuní a los cinco para explicarles lo más importante de la caza:

—Ya habéis visto lo que ha pasado con esa pequeña lagartija. Lo que ha pasado con la cola es su forma de defenderse, si tratáis de atraparla, la suelta y trata de huir. Lo que habéis hecho hoy, sirve para jugar y aprender, pero no sirve para cazar.

Me miraron con los ojos muy abiertos, tratando de comprender lo que acababa de decir, emitiendo suaves maullidos de comprensión, tan solo la pequeña, se acercó a mí, y rozó su lomo con mis patas delanteras, comprendí que trataba de disculparse por su fallo, no la culpe a fin de cuentas se trataba de su primera salida al exterior, a pesar de su inexperiencia, me encontraba muy satisfecho por su comportamiento.

Tendría que vigilar a cada uno de ellos, comenzaría induciéndoles a realizar juegos que los mantuviese activos, tenían que ser fuertes, durante su vida pasarían por momentos difíciles. Deberían saber cómo defenderse de los otros gatos más pendencieros, o con ratas. Este último pensamiento hizo que recordase mis peleas con esos roedores, mis hijos eran todavía muy jóvenes, y no quería imaginar lo que pasaría si cualquiera de estos cachorros se encontraba con un rival tan terrible, sin haber tenido el entrenamiento adecuado. Deberían sentir que cada uno era distinto de los demás. Se trataba del momento de darles un nombre que los distinguiese entre sí y también de los demás.

Me sorprendió que no me hubiese preocupado hasta ese momento. Desconocía cómo encontrar el nombre adecuado para cada uno de ellos. La solución llegó de manera inesperada, fue como si alguien me lo dictase desde el interior. No era un gato doméstico y no permitiría que ningún humano les pusiera nombre, miré a su madre que inexplicablemente sentí que me comprendía, y los nombres surgieron por sí mismos: «Zháohuǒ, —Fuego— se lo asigné al macho mayor, era el más fogoso en sus actividades. Dàdì, —Tierra— a mi hija mayor que adoptaba el papel materno. Jīn, —Metal— al otro macho que sabía transformarse ante situaciones difíciles. Liúshuǐ —Agua— llamé a mi hija, la hembra segunda nacida en el cuarto puesto de la camada, porque sabía cómo transformarse, fluyendo como el agua. Mùwén, —Madera—, lo dejé para mi gatita pequeña, iniciaba todo con rapidez, tendría que saber cómo mantener esa rapidez,

para asignárselos tuve que darme cuenta de que todos ellos eran complementarios, y cada uno poseía algo de lo que carecían los otros.

Como si hubiera cumplido mi cometido, desde el nacimiento de mis hijos había tenido una época de adaptación a las nuevas responsabilidades. Mi mente ofuscada como la de un borracho por los recuerdos de la primera etapa de mi vida.

Despedida

Los recuerdos me abrumaban, ya llevaba unos días añorando a mi amiga mariposa, y su extraño comportamiento en el momento en el que caí al agua del río. «¿Por qué trataría de introducirse por mi hocico?»

A pesar de no llegar a comprenderlo totalmente, intuía que debería existir una razón para su comportamiento. Estos razonamientos llevaron a que apareciesen infinidad de «porqués» para los que no hallaba la respuesta adecuada.

Lula me miraba preocupada al verme pensativo, permanecía en silencio, tan solo se acercaba tratando de tranquilizarme con suaves caricias, que realizaba al frotar mi cuerpo con su cabecita, para animarme. Llegó a creer que esta nueva vida tan hogareña, unido al comportamiento de los pequeños, me estaban abrumando, creyó que sentía nostalgia de mi anterior vida despreocupada, alejada de lo que suponían las obligaciones que requería una familia.

Mientras tanto continuaba con las obligaciones que yo mismo me había asignado, con la misma asiduidad salía cada día, a buscar la comida, tuve que adoptar distintas estrategias para no hacer que los humanos se alarmasen al verse con su comida desaparecida durante la noche. Recorría todo el poblado alternando el robo con la caza, en muchas esas incursiones llegué a encontrarme con mi padre, rodeado de sus gatas, solía preguntarles a ellas por el comportamiento de mi padre, la actual jefa lo miraba con ojos tristes y contestaba moviendo la cabeza con añoranza y cierta pena:

—Ya no es el mismo gato de antes de conocerme. No siente placer al buscar la comida... Era un sinvergüenza, pero tenía su atractivo.

Haciéndome sospechar, que en aquellas gatas palpitaba la nostalgia por el gato pendenciero y sin vergüenza de otros tiempos. Tuve que aceptar que para ellas, mi padre todavía manteía cierto atractivo, a pesar de que se hartasen de protestar por su constante comportamiento abusivo, la última vez que vi a mi padre, había adelgazado mucho y andaba con mayor dificultad, sentí pena al verlo tan desmejorado, mi vocecita interior hizo un comentario algo cruel:

—Este gato ha vivido sus vidas demasiado aceleradamente, no creo que le queden más vidas dispuestas a permanecer junto a él.

Se trataba de algo normal que esa voz irrumpiese entre mis pensamientos, hacía ya tiempo que se encontraba unida a mí, o quizás no fuese una sola voz. Tal vez se tratase de más de una, unas veces era muy reflexiva y sensata, y en otros momentos aparecía una voz mucho más burlona, que después de pullas y burlas conseguía sacarme de mis casillas.

De manera inevitable, —como venía sucediendo en los últimos días— comenzaron a martillear mi cerebro aquellos «porqués», unidos así mismo a mi amiga mariposa, con la que me había iniciado en los juegos, y con la que mantenía una relación de sentimientos encontrados. Me desconcertaba el modo en que se estaban sucediendo los acontecimientos, incomprensiblemente no me comportaba como cualquier otro de mi especie. Había nacido gato, y algo en mi interior renegaba de ese origen, no era feliz, y de manera extraña, tampoco podía decir que me sintiese desgraciado, reconocía que no me sentía gato, cazaba como un gato, vivía como un gato. Definitivamente, era un gato raro, que no encajaba en ningún sitio, no soportaba al resto de gatos, tan solo me encontraba bien con mi familia, aunque última mente estaba llegando a creer que mi comportamiento les estaba causando problemas.

Comencé a considerarme un extranjero, un apátrida. Aquella voz interior salió en mi ayuda ofreciéndome una respuesta, aunque en aquel momento me sonara como un galimatías:

—La respuesta se encuentra en el origen.

Conocía la manera de manifestarse de la voz sensata. Aunque no me resultaba comprensible, tampoco me asombró, pensé que en algún momento descubriría la respuesta adecuada. En aquella época había desarrollado la paciencia, ya habría tiempo para eso, mientras tanto tenía que continuar con las labores cotidianas, esperaba que, por algún tipo de misterio, terminaría llegando la solución.

Busqué un momento de distracción, y me dispuse a mirar las evoluciones y juegos de mis hijos, entretenido con sus juegos, no tardó en aparecer la solución, por fin pude comprender lo que la voz había querido decir.

Necesitaba volver a la montaña, a la madriguera en la que había nacido, y por último al río en el que había caído mi amiga mariposa. Dudas... dudas... y más dudas. ¿Cómo pretendía encontrarla? El duende burlón salió a flote, intentando cargarme con más dudas, como si las mías no fueran suficientes:

—¿Estás seguro de encontrar la respuesta? Ha pasado mucho tiempo desde entonces.

No debía permitir que aquella voz tan molesta me estuviera desanimando constantemente:

—No importa, encontraré lo que necesito.

El duende estaba poniendo a prueba mi firmeza, que yo consideraba inquebrantable, firmemente convencido de lo que creía que debería hacer, no podía admitir que la sombra de la duda me amenazara con minar mi decisión. Este ser tan extraño consciente de ello continuó:

—Tendrás que buscar a una mariposa. ¿Crees que podrás hacerlo? Se la llevó el agua, y en caso de que continuara con vida, ¿podrías reconocerla entre miles de ellas?

Aquella insólita conversación terminó con una molesta carcajada del duende burlón. Di un zarpazo en el suelo asustando a los cachorros que interrumpieron sus juegos. Acababa de adoptar la firme decisión de volver al lugar de mi nacimiento, pero antes debería hablar con Lula, explicarle lo que me estaba sucediendo y desear que quisiera vivir aquella aventura junto a mí y nuestros hijos.

Dejé que pasaran unos días más, tratando de encontrar el momento adecuado para hablar con mi hembra, que pasaba el día agobiada por las travesuras de sus hijos, acumulado a la incomprensión de mi comportamiento.

Se acercaba el momento de expresar mis deseos de iniciar el viaje, los pequeños comenzaban a realizar salidas en solitario, recordando cómo era yo a su edad, decidí vigilarlos desde la distancia permitiendo que tomasen sus propias decisiones. Cada uno de ellos conocía la fórmula para que me sintiera orgulloso de ellos, pero la que hacía de mí su sirviente, era Mùwén, la más pequeña de los cinco, pero también la más despierta de todos ellos, una mezcla de ambos progenitores, y a diferencia de sus hermanos mayores, era la única a la que permití acompañarme.

A mis hijos machos, los había entrenado y permitía que salieran a cazar con nuestros vecinos los gatos callejeros, en otros momentos acompañaban a su abuelo materno, que trataba de transmitirles sus conocimientos sobre la pelea. Los veía jugar a pelearse entre ellos y comprendí que muy pronto estarían preparados para aportar comida a la familia.

A las otras dos hembras era su madre la que se había hecho cargo de su entrenamiento, mucho menos agresivo que el utilizado por mi para entrenar a los dos machos, pero no menos efectivo. Suspiré profundamente, pensando que se acercaba el momento de que buscasen una pareja para formar sus propias familias.

Confie en que se uniesen los cinco hermanos bajo la jefatura de Zháohuǒ, —el mayor—. Me preocupaba que se adelantara a la decisión de sus hermanos, era impulsivo, tal vez se trataba del más parecido a mi a su edad, era ley de vida que reclamase su derecho a la jefatura del clan, no solamente a su familia con la serie de gatas que quisiera aparearse, lo más grave sería si no supiera esperar su momento. Si por el contrario intentaba hacerlo en mi presencia surgiría el inevitable enfrentamiento entre los dos.

Sucedía muy a menudo, que un gato joven quisiera desbancar a otro más viejo. No quise pensar en esa posibilidad, el tiempo diría que es lo que debería suceder, mientras tanto me preparé para hablar con Lula, y a su debido tiempo me encargaría de solucionar todo lo demás. Durante ese tiempo tendría que rogar a los dioses que la sucesión de jefatura se produjese de la manera más pacífica.

Esa misma noche se presentó la ocasión propicia para hablar con Lula, la casa se encontraba en silencio, nuestros hijos habían salido como el resto de los días.

Nos habíamos quedado solos, —mejor dicho, no tan solos— Mùwén estaba jugando a «vida o muerte» con una lagartija, al parecer todavía necesitaba demostrarse a sí misma quien manejaba la situación, tenía experiencia en lo que sucedía con su cola, y procuraba no tocarla para que no se le escapase, el pequeño reptil trataba de huir, y Mùwén se lo permitía bajo su férrea vigilancia, finalizando el permiso, al alcanzar un límite imaginario, cuando la lagartija llegaba a ese punto, Mùwén lanzaba su zarpa controlando la fuerza para no llegar a matarla, iniciando nuevamente el mismo juego, que finalizaría en el momento en que Mùwén se cansase de jugar, en ese momento lanzaría con fuerza la zarpa y acabaría con la vida del pequeño animal.

Aparté la mirada de Mùwén para retomar la conversación iniciada con Lula. Seguramente no encontraríamos una situación similar en mucho tiempo, abandonando cualquier tipo de recelo, opté por hablar:

—Te has dado cuenta de que desde hace un tiempo me encuentro extraño.

Como si se tratase de algo normal, sin cambiar de posición, Lula me hizo la pregunta que había mantenido en su mente:

—¿Te arrepientes de haber abandonado tu vida anterior?

—No se trata de eso. Es mucho más complicado.

—Pues explícamelo, creo que podré comprenderlo.

Conocía la capacidad de Lula, para comprender aquello que para el resto de los gatos era incomprensible, y aún así dudé que pudiera comprenderlo totalmente. Lo había decidido, no podía dejarme convencer ante la hipótesis de no ser totalmente comprendido, al pensarlo ahora creo que yo tampoco lo comprendía totalmente.

Tenía que hacerlo, y traté de explicárselo de la mejor manera posible:

—Desde que nos unimos, te habrás dado cuenta de que no soy un gato al uso, yo diría más, creo que soy un gato raro. Desde antes de conocerte, escuchaba una vocecita que surgía desde mi interior. Unas veces me da indicaciones sobre lo que debo hacer, y otras se muestra burlón. He llegado a dudar de que se trate del mismo ser, y también dudo de que sea yo quien no se encuentra bien de la cabeza. Busco respuestas a todo esto y no alcanzo a conseguirlas. Ultimamente he llegado a creer que la culpable es una mariposa, a la que conocí el primer día que salí de la madriguera, tenía la capacidad de hablarme, por eso creo que debería iniciar esa búsqueda, en el mismo lugar que comenzó todo esto. Pensándolo mucho, creo que debo volver a la montaña. Me gustaría que me acompañaseis todos vosotros en esta aventura.

Después de hablar sentí que me había deshecho de un peso. Nos quedamos en silencio, esperé con ansiedad la respuesta de Lula, que se mantenía en silencio tratando de madurar lo escuchado. Me sorprendió al escuchar sus suaves maullidos cuando ya comenzaba a creer que tardaría en darme su respuesta:

—Exactamente no llegó a comprender lo que me cuentas, no me sorprende porque sabía que me unía a un gato distinto a los demás, tal vez sea eso mismo lo que me atrajo de ti. Si tú crees que eso es importante, no dejes de hacerlo. Mi intuición me dice que sería peligroso para los pequeños. Eres tú quien necesita realizar este viaje, y no quisiera que lo hagas solo, sería bueno que te acompañase uno de nuestros hijos.

En el momento en el que terminó de hablar, Mùwén dio su último zarpazo a la lagartija, dando por finalizado el juego, y se acercó maullando con fuerza:

—Yo, yo. Yo acompañaré a papá y lo cuidaré mejor que cualquiera de mis hermanos.

La madre se la quedó mirando, expresándole su amor con la mirada, y tras meditarlo un poco dio su consentimiento:

—Tal vez sea lo mejor, tú tienes esa parte mía que le impedirá hacer locuras. No os iréis antes de que para la nueva camada de gatitos.

La noticia me hizo pensar que tal vez no sería procedente marchar con los nuevos retoños recién nacidos. Era una decisión que debía valorar. Retrasando la partida para ver como se desarrollaban los acontecimientos. Dejaría pasar el invierno, y en la primavera comenzaríamoss los preparativos necesarios, al conocerlo Mùwén, loca de contento daba brincos jugueteando de un lado a otro, esperando la llegada de sus hermanos para contarles las dos noticias. Su madre y yo la mirábamos con total arrobamiento, la familia debía enfrentarse a unos cambios importantes. Nuevamente la voz se apresuró a darme su opinión:

—Este viaje es necesario que lo hagas. Lo que pase después está por ver.

Un viaje al pasado

En el tiempo previsto nacieron los nuevos cachorros, el invierno daba paso a la primavera, y el sol comenzaba a secar el barro de las calles, Zháohuǒ mi hijo mayor, había madurado bajo la tutoría de su abuelo materno, comenzaba a asumir la responsabilidad de su nueva situación, estaba asumiendo bien el paso de cachorro a adulto joven, al observar el cambio experimentado en mi hijo, sentí satisfacción por la madurez que estaba demostrando. Al final Se estaba acercando el tiempo de iniciar el viaje, durante todo ese tiempo, Mùwén no se despegaba de mí, para que no se me ocurriera partir sin ella, intuyendo que se acercaba la fecha del viaje,

Lula también se encontraba nerviosa ante la inminente partida, antes de que iniciáramos el viaje nos hizo una petición:

—No os preocupéis de nosotros, estaremos bien. Cuidaos mucho y volver. ¡Prometédmelo!

Tuvimos que hacerle la promesa de que regresaríamos lo antes que nos fuera posible. El momento más emotivo fue al vernos rodeados de toda la familia, incluidos los más pequeños que maullaban pidiendo que les prestase más atención por mi parte.

Había transcurrido mucho tiempo desde que abandoné la montaña, debí realizar un esfuerzo memorístico para crear un mapa mental que me permitiera recordar el camino a seguir, jornada a jornada fui extrayendo cada tramo de mapa que nos permitía orientarnos, y nos ayudaba a continuar cada día, hasta que consiguiéramos alcanzar nuestro objetivo.

Siempre que nos era posible, procurábamos pasar desapercibidos, en los últimos días había dejado de ver a Mùwén como mi hija, le exigía lo mismo que le hubiera exigido a una compañera de viaje adulta, no deseábamos ningún encuentro desagradable, por ese motivo evitábamos invadir el territorio de otros animales más grandes, moviéndonos con la cautela necesaria.

Durante este viaje me convertí también en su maestro, procuré que aprendiese a encontrar el rastro de algún roedor, o a tener paciencia, esperando el momento justo, para atrapar un pájaro antes de que iniciase el vuelo. Nos encontrábamos en la montaña, no podíamos perder una presa debido al descuido de un mal cazador.

Utilizamos el río como referencia, nos dedicamos a seguir su curso a una distancia prudencial, todavía mantenía vivo el recuerdo de mi caída al agua, procuraba no alejarme del camino por el que había recorrido atado a un pequeño carro de mano, utilizando mis recuerdos de los accidentes geográficos, esta era la mejor referencia, para poder alcanzar el punto en el que había tenido mi primer encuentro con un humano. Mantenía la seguridad de que, al llegar a ese punto, me resultaría fácil dirigirme a la vieja madriguera, en la que suponía que permanecería mi madre, o alguno de mis hermanos.

Animado por esta idea, comencé a acelerar el paso, me sentí más satisfecho al ir reconociendo el camino, quería contárselo a Mùwén para animarla:

—Estamos llegando, un poco más adelante pararemos para cazar y comer algo.

No me contestó, creí que no lo hacía por haberse distraído con alguna tontería, volví la cabeza hacia el lugar que ocupaba, detrás de mi, quedando sorprendido al no verla junto a mí, tuve que retroceder unos pasos, hasta un recodo del camino, y la vi ralentizando el paso, con la mirada fija en una zona de matorrales, dudaba, no sabía si debía continuar en el camino o dirigirse hacia los matorrales que había estado observando.

Una señal de alerta comenzó a avisarme de la existencia de problemas, Mùwén había adoptado la misma posición que cuando necesitaba tomar una decisión. Conocía demasiado bien a mi hija, y su tozudez, si deseaba tomar una decisión, nadie lograba convencerla de que no era la correcta. Tenía que comprobarlo por sí misma, no cedía hasta estar convencido.

En ese momento no deseaba iniciar una discusión inútil con ella, la miré con aire condescendiente y le dije:

—¡De acuerdo, iremos por donde tú quieres!

Nos introdujimos por aquel pequeño sendero, apenas visible para quienes no estábamos habituados a la vida de montaña, obligándonos a introducirnos entre los matorrales, creí que no resultaba demasiado importante el retraso, en el caso en el que nos hubiéramos equivocado al elegir esta nueva ruta. Comprobé las referencias que debería utilizar en el caso de que tuviéramos que retroceder hasta el camino, y pensé:

—No creo que sea un error muy grave, procuraré ir dejando marcas que nos señalen este nuevo camino.

Nos movíamos con lentitud por aquellos parajes desconocidos, un poco más adelante llegamos a un pequeño altozano, desde el que pude ver unas rocas, que me hicieron recordar el lugar de mi nacimiento. A pesar de sentir que nos encontrábamos cerca del final del trayecto, no quise ilusionarme demasiado, además había otro motivo de preocupación, llevaba un buen rato percibiendo el olor a un gato montés, el olor lógico a los orines con los que había ido marcando su territorio.

Deberíamos tener mucho cuidado, por experiencia conocía la fiereza que un macho en celo podía utilizar para defender su territorio, no había llegado hasta ese lugar para iniciar una guerra, decidí que era el momento de realizar un rodeo, ver el macizo rocoso desde otro punto, y salir de la zona conflictiva.

Al hacerlo dejé de percibir el olor al gato montés, cambió también la dirección del viento, y surgió otro aroma —que resultaba tan peligroso o más que anterior—, que llegó hasta mi hocico.

Me preocupé, al darme cuenta de que en los alrededores había una gata en celo, el momento más peligroso se produciría si el olor le llegaba al macho dominante de aquel territorio, con toda la seguridad, acudiría a buscarla, y si nos cruzábamos en su camino, no podríamos evitar una pelea, tendríamos que darnos prisa en abandonar aquel lugar.

A pesar de que estábamos moviéndonos en distintas direcciones, el aroma a gata en celo se mantenía con la misma intensidad, busqué por todos los lados, entre las piedras, y a través de los matorrales, tuve que desistir al no encontrar una hembra cercana, o al menos no encontraba ninguna a la vista. Este pensamiento fue como una maza, con la que acababa de recibir un golpe en la cabeza, asenté las patas en el suelo, inmediatamente saqué las uñas y arqueé el lomo, dispuesto para evitar cualquier ataque. Acababa de darme cuenta de que la única gata cercana era Mùwén, Este descubrimiento hizo que cayeran sobre mí mu montón de años. ¡Mi pequeña cachorrita, podía ser mamá!

¡No comprendía lo que me estaba sucediendo! Era padre y un gato macho. ¿Qué debía hacer? Recuerdo que aquel fue del momento más difícil del viaje, me transformé en el gato de los primeros tiempos de adulto, el instinto me decía que debía maullar con fiereza, tratando de avisar a los gatos cercanos de que me encontraba dispuesto a pelear, y defender mi territorio, la razón decía que debía salir de aquel lugar lo antes posible. Y la voz de mi duende sensato se apresuró a darme un consejo:

—No debes iniciar una pelea en el territorio de otro, si no estás dispuesto a matarlo y aparearte con tu hija. Es la ley de los gatos.

En ese momento no me encontraba muy seguro de que no fuera un gato, dudaba de todo, mi manera de pensar no era de gato, pero todos mis instintos desmentían a mi mente, que en un momento de sensatez fue imponiéndose, desviando mi atención con una sola pregunta: «¿Cuándo comenzó todo esto?»

La voz contestó inmediatamente:

—En el mismo momento que aspiraste el polvo de las alas de la mariposa.

Esas palabras hicieron que los recuerdos reviviesen, comprendí que el único ser que podía dar respuesta a todas mis preguntas era la mariposa, y a pesar de haberla visto caer al río y que el agua la fue arrastrando, no me desilusioné, debería encontrarla, y cerciorarme de que continuaba con vida.

Existía el riesgo de que en todo este tiempo hubiese muerto, en cuyo caso no podría encontrar esa respuesta que tanto anhelaba, mi desconocimiento sobre la duración de la vida de la mariposa ejerció como freno del desánimo que me hubiera dominado, en el caso de haber conocido este dato.

Traté de acortar la distancia existente hasta las rocas, tomando un nuevo atajo que nos permitiese alcanzarlas lo antes posible. No nos costó mucho tiempo encontrar el agujero que había utilizado mi madre para parir. Sentía la ansiedad y la duda del modo de comportarme ante mi madre o mis hermanos, suponiendo que después del tiempo transcurrido sería una gata vieja y gruñona, rodeada de multitud de hijos y nietos.

Fue decepcionante llegar a la entrada y descubrir las primeras señales de abandono, no había huellas de los habitantes, ni restos de excrementos. Debido a la emoción de encontrarme donde había nacido, no había prestado atención a la ausencia de los maullidos propios de los cachorros, tampoco habíamos escuchado los roncos sonidos amenazadores, avisando de la llegada de extraños.

Con la desaparición de mi familia, también había desaparecido la posibilidad de recriminar a mi madre cada una de las injusticias recibidas de ella. En las paredes de la cueva continuaban resonando los maullidos de odio, imágenes incorpóreas de mis hermanos rechazándome, todo aquel entorno giraba a mi alrededor, tuve que hacer un esfuerzo para superarlo. Por mi mente pasaron aquellas palabras de la voz: «Busca tu origen»

Y allí estaba, en el mismo lugar en el que había llegado al mundo, y no sentía que se tratase de mi origen. ¿Quién soy?

Mùwén acababa de entrar, se fue acercando lentamente, mirando todo aquello con extrañeza, creo que en ese momento estaba tratando de comprender cómo habían sido mis orígenes, o tal vez trataba de analizar cómo sería esa vida en apariencia tan difícil. Sin embargo y a través del tiempo, solamente deseo recordar los momentos agradables, reconozco que fueron pocos, pero intensos.

Necesitábamos provisiones, y al llegar la noche, salimos de cacería, quería ver cómo se comportaba Mùwén. En ese momento desconocía que ese sería el último día en el que pasaría con mi hija. Al llegar la madrugada salió de la cueva. Después de una noche inquieto debido a la cantidad de sueños extraños, desperté bruscamente debido a una orquesta de maullidos de gatos en celo, miré hacia el lugar en el que descansaba Mùwén, como había comenzado a sospechar al escuchar los maullidos, lo encontré vacío. Mi pequeña ya podía ser madre y había respondido a la llamada de de un macho. Todo me hacía pensar que había encontrado a su pareja en ese gato montés.

Nuevamente escuché la voz del duende, en este caso se trataba del duende burlón, que según recuerdo se comportó de manera excesivamente mordaz. Me hizo comprender una lección que en ese momento me pareció excesivamente cruel:

—Recuerda que has aceptado esta vida, quieres recibir algo, en pago a lo que recibes debes pagar también algo por ello.

Sentí ganas de correr hacia el territorio de aquel gato y pelear con él. Me detuve al comprender que ella lo había elegido, se repetía lo mismo que su madre había hecho al elegirme. Cargado con el dolor que me producía esta separación, me encaminé al río pensando: «Por algún motivo habrá elegido a ese gato»

Había transcurrido mucho tiempo, me sorprendió ver que continuaba manteniendo vivos, los recuerdos de la primera vez que vi aquel río, ese mismo día supe lo que era un pez, y también ese mismo día fue en el que conocí que un humano no era un monstruo. Pero Cheng Yu, el humano a quien odiaba con todas mis fuerzas, y a quien había jurado matar, no era un monstruo demoniaco, había llegado a comprender que lo mismo que mi madre se trataba de alguien lleno de resentimiento, y no sabían como hacer para eliminarlo. Busqué el lugar exacto en que había caído, —o, mejor dicho— en el que me habían lanzado al agua. Mantenía asimismo el recuerdo de la cantidad de agua ingerida que me hizo iniciar la primera de mis vidas.

En ese momento estaba viviendo la tercera y pretendía que los dioses me permitieran vivirla durante muchos años. Después de la búsqueda de mi origen que había resultado infructuosa, creí que tal vez no llegase nunca a encontrarlo, decidí no preocuparme más por ese origen, para centrarme en algo más tangible como intentar la búsqueda de aquella mariposa.

Tenía que seguir el camino del agua, lo mismo que había hecho la mariposa, no dudé en realizar el recorrido siguiendo una pequeña franja de tierra que trazaba la orilla del rio, en una búsqueda que se me antojaba imposible. El miedo al agua que lamía en algunos momentos mis zarpas, unido al sol que se encontraba en su punto más alto, me infringían un tremendo suplicio.

No podía desistir, había llegado a recorrer la mitad del trayecto de la hora del caballo, y no había comido desde la noche anterior, no sentía hambre, — o tal vez no me apetecía comer— me encontraba solo, mi hija ya no se encontraba conmigo, puse toda mi atención en encontrar cuanto antes a aquella mariposa entrometida.

Abstraído en mis pensamientos, no vi que estaba llegando a un corte en el camino, tendría que decidir si deseaba continuar sin meterme en el agua permitiendo que esta me arrastrase hasta un punto en el que pudiera continuar por tierra, o buscar un paso más seguro, aunque se tratase de un camino más costoso. Miré al río que continuaba su curso, a través de un cañón de paredes rectas, por el que no dudé en continuarlos sin meterme en el agua, opté por subir por un camino estrecho hasta la parte alta, ya descendería al llegar al lugar en el que pudiese caminar al lado de la corriente de agua.

Decidido a afrontar el desafío, comencé el ascenso, llegué a la cima agotado debido al calor del sol y la escasez de comida. Estaba mareado por el esfuerzo y la escasez de alimento en mi cuerpo. Desde aquella altura veía el brillo del agua, y más adelante me atrajo una masa blanca de los árboles en flor, alrededor de ellas revoloteaba la mayor cantidad de mariposas que había visto en toda mi vida. Entusiasmado por el descubrimiento, me apresuré para tratar de alcanzar el límite de aquel terreno rápidamente. En mi mente solo había una imagen, miles de mariposas, me ilusioné al pensar que las que la que estaba buscando podría se encontrarse entre ellas.

Mi corazón latía por el esfuerzo, aunque no impidió que continuara corriendo, el fragor de la carrera y las mariposas revoloteando no dejaron que prestase atención al terreno, no vi que, al otro lado de la hierba, se acababa el suelo, todavía mantengo la sensación de un salto perfecto, el suelo se encontraba muy lejano, el viento me daba en la cara mientras mi cuerpo caía, en un vacío infinito, después de eso, un ruido sordo, mucho dolor y la nada.

4 Cuarto cuaderno

Mientras voy transcribiendo este nuevo cuaderno, me da la sensación de continuar escuchando al gato, que desgrana cada una de sus peripecias. Últimamente esa extraña voz continúa machacando mi cerebro, obligando a mis dedos a teclear con mayor rapidez, que finaliza en una lucha entre la prisa por escribir y la negación de la destreza de mis dedos. Provocando que me levante del asiento y apague enfadado el ordenador. Hombre y máquina en pugna por conseguir la hegemonía de la situación que se mantiene en una nube desde la que va cayendo como si se tratase de una fina lluvia, para cobrar vida en el papel pautado de los viejos cuadernos.

Repasar cada uno de estos cuadernos, hace que me traslade a mi infancia en la que los juguetes convivían con animales creando historias, eso es lo que me hizo dudar de la veracidad de estos escritos, pero cada vez que me voy introduciendo en ellos, haciéndome creer que realmente se trata de una historia dictada por el gato.

Dejo de lado todas estas dudas sobre la continuidad de la transcripción, y me dedico a leer el final de este cuarto cuaderno.

Mi cuarta vida

Me sentía mal, como si me encontrase en el interior de un túnel oscuro, corría sin saber el motivo por el que lo hacía. No sabía que había pasado, continuaba corriendo para llegar a alguna parte que no recuerdo, después escuché un sonido muy fuerte, en mi boca había algo pastoso con sabor y olor a tierra húmeda, estas sensaciones estaban acompañadas por un dolor muy fuerte. Aquel túnel oscuro hacía que no supiera quien era, en mi mente permanecía un solo pensamiento. Debía alcanzar a una mariposa, y no podía moverme.

Mi mente pasaba de la penumbra a la oscuridad más absoluta, que se rompía en un breve momento por un pequeño resplandor. Entre luz y oscuridad, noté un cosquilleo en mi hocico, no podía descubrir si la sensación me agradaba o me disgustaba. Intentando descubrirlo fui penetrando en un terreno pantanoso con neblina.

En estado de semi inconsciencia, abrí la boca permitiendo que penetrase un cuerpo desconocido por ella, se trataba de algo fino similar a la hoja de una flor, quedó pegado en mi lengua, produciéndome un dolor intenso en el paladar, similar al experimentado por las chispas de hierro incandescente, esa cosa desconocida continuó, pasando a través de mi garganta, terminando, por fundirse en mi interior. Pase mi lengua pastosa por la zona dolorida del paladar, sintiendo un escozor que volvieron a trasladar a una explosión, el dolor de unas heridas, uniéndose al fuego de una fragua, en otra vida ya muy lejana. El dolor hizo que, en mi mente todavía confusa, se fuera abriendo un punto de lucidez, provocando a que se formulasen diversas preguntas:

—¿Quién soy? ¿Qué está pasando? ¿Dónde estoy?

El cansancio producido por la debilidad me introdujo lentamente en un estado de somnolencia, necesitaba dormir, mis ojos se cerraban constantemente, los párpados me pesaban, impidiendo que me despejase. Este estado propició que iniciasen unos sueños extraños, la voz de un humano me preguntaba algo que no sabía responder.

Un nuevo sueño aportó un cambio de imágenes, montañas muy altas y escarpadas, grandes edificios, humanos practicando técnicas de pelea similares a algo conocido por mí, no recordaba el motivo por el que conocía estos movimientos de lucha. Me esforcé para recordar donde había aprendido esas técnicas, consiguiendo tan sólo que el deseo se convirtiera en ansiedad, hasta dejarme agotado.

Durante bastante tiempo permanecí en ese estado de duermevela, no pude moverme en unos cuantos días debido a la debilidad llegando a pensar que solamente podría esperar a que viniese la muerte a reclamarme.

Debía tener algún protector desconocido, que se esforzaba en mantenerme con vida. El viento se alió en mi favor, creando remolinos, que fueron arrastraron las hojas de la flor de los grandes olmos, hasta el lugar en el que me encontraba tendido.

Saque la lengua para retirar una de esas hojas que había quedado pegada a mi hocico, y introduciéndola en mi boca sin haberlo propuesto, este hecho casual permitió que me alimentase con ella. Los dioses debieron creer que no era apto para ser recibido en la tierra de los muertos, o tal vez se trató de la casualidad la que hizo que pudiera aguantar hasta que me encontrase con fuerza suficiente para moverme, y llegar a la orilla del rio, para beber un poco de agua tan necesaria para mi en aquel momento, no fue gran cosa, pero en ese momento era lo que necesitaba para reponerme, en otro momento hubiera creído que aquella alimentación, además de insuficiente no era la adecuada para un gato adulto. Resultó ser lo que me salvó la vida, además de ser lo único que tenía más a mano. Mi amiga mariposa me había enseñado que podía alimentarme con algún tipo de vegetales. Y en ese caso de necesidad extrema, hubiera estado dispuesto a comer algo mucho peor, con tal de sobrevivir.

Pasé los siguientes días tratando de dormir, para recuperar parte de las fuerzas perdidas, al mismo tiempo el sueño me servía para ahorrar las pocas energías que me quedaban. El mismo sueño también trajo conversaciones hasta el interior de mi cabeza que no me permitían pensar en nada más. Como si me tratase de un espectador a distancia escuchando a dos seres impertinentes enzarzados en disquisiciones molestas.

No podía decirles que callasen, como lo hacía cuando me molestaban mis hijos, la diferencia de esta discusión estribaba en que se estaba produciendo en mi interior. No podía comprenderlo, necesitaba urgentemente el consejo de mi duende, sin importar cual le los dos, hubiera aceptado con gusto a aquel que en muchos momentos actuaba con dureza, necesitaba escuchar una voz conocida para que acallase a esas dos voces, cuyo único objetivo era el de hacer que perdiera el equilibrio.

Debía acallar aquellas voces tan molestas, centre toda mi atención, en lo que constituían mis necesidades básicas. La prioridad debía ser fortalecerme, y la única manera que tenía para hacerlo pasaba por encontrar comida. Me encontraba hambriento en un lugar en el que abundaba la comida. Una paradoja que tenía tintes de broma amarga. En medio de tanta desdicha, recordé una de las primeras palabras: «¡Peces!»

Esta palabra estaba cargada de recuerdos que no quería reconocer, el miedo, necesitaba realizar un esfuerzo, y pescar al menos un pez, sin importarme qué se tratase de uno pequeño. Necesitaba hacer todo lo posible para comer.

Mientras me costase demasiado esfuerzo moverme, entretenerme en pensar en pescar para comer, no dejaba de ser una utopía. Pasaron unos días más, y comencé a perder la esperanza de tener un pez al alcance de mis garras. Por segunda vez en pocos días creí que había llegado a mi última vida, comencé a dudar si debía luchar para mantenerme con vida, o si, por el contrario, debería dejarme llevar, abandonándome a lo que quisiera hacer el destino.

Tan cerca y a la vez tan lejos. Con la mirada perdida en la línea brillante del agua, obtuve la respuesta a mis peticiones. Los dioses de los gatos volvieron a ayudarme, escuché un chapoteo, provocado por una carpa que ejecutaba un espléndido salto para atrapar a una libélula. La voz de mi duende burlón zumbó en mi cerebro:

—Ha calculado mal el salto, ahora la cazada puede ser ella.

Comprobé que mi duende se hallaba en lo cierto. La carpa había excedido la distancia, después de conseguir atrapar a la libélula, terminó cayendo a un charco poco profundo separado del rio por una estrecha franja de tierra, tal vez si el charco hubiera tenido mayor volumen de agua, podía haber ensayado un nuevo salto de retorno a su hábitat, en sus actuales condiciones, todos sus esfuerzos resultaban inútiles.

Había llegado mi oportunidad, pude levantarme renqueando, di dos pasos más, hasta que pude llegar al borde del pequeño charco, en el que la carpa continuaba tratando de efectuar el salto desesperadamente, en su intento por llegar a la seguridad de las aguas más profundas del rio.

Era consciente de mi debilidad, no tenía la fuerza de otras veces para saltar rápidamente y atrapar a mi presa, opté por tener paciencia y esperar a que se inmovilizara por sí misma, mientras tanto di un rodeo, hasta colocarme en un lugar que me permitiera interceptar su camino de retorno hacia el agua. Esperé soñando con la sabrosa comida que pensaba obtener, inexplicablemente algo me hizo elevar la mirada al cielo para agradecer a los dioses el envío de aquella carpa.

Una pequeña espera para la obtención de un gran beneficio, la carpa terminó alojándose en mi estómago. Había merecido la pena la espera.

Lo preceptivo después de una buena comida, era una larga siesta, y eso es lo que hice, esperando que tras ese descanso mis males hubieran desaparecido.

Desperté más despejado y llegué al borde del agua para beber. Nuevamente aparecieron las voces, trayendo de nuevo las odiosas discusiones, necesitaba saber quién era aquel ser desconocido:

—¿Quién eres?

—Soy quien a partir de ahora dirige tu vida.

—No voy a permitirlo. ¡Sal de mí!

Comencé a lanzar maullidos de ira, incluyendo maldiciones, todo ello unido a giros y revolcones en el suelo, que a pesar de mi estado me movía con ligereza, y continué gritando:

—No permitiré que tú ni nadie pretenda dirigirme. ¡Soy libre!

Lleno de ira comencé una carrera por entre los árboles, intentando alejarme de aquel lugar, me dolía la cabeza, nunca había sentido algo así, y en una de esa carrera comencé a maullar enfadado:

—Maldita mariposa. Déjame en paz, no quiero nada contigo.

Achacaba a la mariposa todos mis males, todos mis esfuerzos estaban encaminados a eliminarla de mi interior, hasta que una fuerza extraña me obligo a frenar en plena carrera, deseando mantener mi ansiada libertad, continué corriendo sin rumbo fijo. Fue la voz de mi duende la que me hizo recapacitar:

—Por mucho que corras, nunca te alejarás de tus problemas, retorna nuevamente al lugar en el que te encontrabas. Descansa y analiza todo lo que te está sucediendo.

Tal vez se tratase de lo más sensato, de mala gana es lo que hice, golpeé con una de mis garras a una piedra que cayó al agua con un «chop» sonoro. La aceptación de lo que me sucedía, me llevo a intentar conseguir la calma, que llegaba precedida de recuerdos y sentimientos.

Aparecieron en primer lugar los momentos dolorosos, el abandono de mi madre, a la pérdida de mi amiga mariposa, —aunque al parecer había vuelto a encontrarla— se le unían otras perdidas, la de mi hija, y la de mi familia.

Acepte el reconocimiento de que se iniciaba una nueva etapa que exigía mayor grado de sacrificio, se trataba de una situación que debería comprender, enfrentándome con algo totalmente distinto a cualquier otra situación de las vividas hasta aquel momento. Atrás quedaban ya mis aspiraciones a ser el gran jefe de un clan, o a las de conseguir ser el gato que triunfase en las peleas, recordé con dolor a mi pareja y mis hijos, tanto a los mayores, como a los chiquitines, todavía desconocidos para mí.

En esa aceptación, lloré, y lloré con desesperación, dejaba atrás una vida, me tumbé en el suelo, como en otros momentos había hecho en el interior de mi madriguera. En este momento no me dejé llevar por el derrotismo de las lamentaciones, cerré los ojos y dormí tan profundamente como si no lo hubiera hecho en toda mi vida, soñé con humanos y tierras lejanas, en las que no me sentía extraño.

Un cuento antiguo

De nuevo soy Léi húdié —La mariposa del trueno— quien trataré de completar el relato sobre mi historia y la del maestro Quan. Ambas se encuentran enlazadas, sin ellas no podría comprenderse la historia de Ninu, este gato que nos presta su cuerpo, y con el que nos complementamos, para continuar existiendo.

Tal vez haya quien crea que comienzo este relato por el final, pero deberé mantener este orden para que pueda ser comprendido. Cuando inicie la primera parte de mi historia, ya me encontraba en el interior del gato que hasta ese momento se llamaba Xuĕyŭyún, solamente a través de él he podido contar mi historia.

Comencé mi estancia en Tianzhu, como pupilo del maestro Liu Quan, que me enseñó técnicas de lucha, totalmente desconocidas para mi, y a pesar de mis deseos de alejarme de la espada, tuve que ejercer como maestro de esta arma con los monjes jóvenes.

En mis ratos libres—que eran pocos— los dedicaba a investigar en la biblioteca, deseaba adquirir los conocimientos que había observado en mi tío. Me convertí en un auténtico ratón de biblioteca, un buen día, tratando de investigar en los textos antiguos, cayó en mis manos un rollo.

Me atrajo su apariencia, tenía el aspecto de un estuche protector de un contenido valioso, al abrirlo me decepcionó descubrir que solamente se trataba de un compendio de máximas, o como creí en esa primera lectura, un recetario inútil para alcanzar la felicidad.

No me resultó interesante, y no dudé en apartado a un lado, en un montón en el que había ido depositando todo aquello que no servía para mis propósitos. Continué intentando encontrar algún otro texto que me satisficiera más. Uno tras otro los iba desechando sin prestar atención a su contenido.

Mi mente continuaba aferrándose a aquel inútil rollo desechado. No lograba concentrarme en nada, decidí que no debía perder el tiempo, en espera de encontrar algo que todavía desconocía, decidí volver a revisar aquel rollo que había depositado entre los libros inútiles, lo busqué sin muchas ganas, pero aquel extraño rollo parecía desear que lo encontrara, como si se estuviera burlando de mí, al retirar un libro, apareció rodando hasta llegar a mi mano.

Lo abrí rápidamente y busqué con avidez, pasaba la vista por encima de cada una de las recetas, tratando de encontrar algo de utilidad que justificase el tiempo dedicado en esa nueva revisión, no podía ver nada que mereciese la pena, aunque había decidido no dejarlo hasta haber leído la última palabra. En esas últimas líneas encontré algo que llamó poderosamente mi atención, se trataba de un relato corto, escrito con letra de un color rojo un tanto desvaído, por su lenguaje apenas legible deduje que se trataba de un texto antiguo, y posiblemente escrito por distinta mano que el resto del rollo.

Me sentía intrigado por aquellas extrañas palabras que no llegaba a descifrar en su totalidad. La curiosidad crecía por momentos, haciendo que desease descubrir el idioma en el que había sido escrito aquel texto.

Centré mi atención en cada una de las palabras, y después de mirarlo unas cuantas veces pude descubrir el idioma en el que había sido escrito, recordé el viaje a Samarcanda, y las jornadas pasadas con un comerciante indio, enseñándome los rasgos básicos de un antiguo escrito sármata, me dediqué a separar cada una de las palabras que llegaba a comprender de ese idioma, tuve que recomponerlo, uniendo las palabras hasta crear frases legibles, y poder descubrir que se trataba de una especie de cuento sobre una mariposa.

Me sorprendió que el autor anónimo la llamaba «la mariposa del trueno». El descubrimiento hizo que se disparasen unos recuerdos muy lejanos, sobre una mariposa del trueno, que según decía una canción de cuna, que me cantaba mi madre para que me durmiera.

El texto hacía referencia a una mariposa nacida del ruido del trueno, al mover sus alas con suavidad, creaba un movimiento del viento que podía llegar a causar un tsunami.

Tan absorto me encontraba tratando de descifrar aquel cuento, que no me di cuenta de la llegada de mi maestro Liu Quan, que puso su mano en mi hombro mientras hablaba:

—Al final has encontrado, tu verdadero nombre, Léi húdié, así será como te llamaremos. Ahora, eres otra persona.

Conocía que, a otros de mis hermanos en el monasterio, les habían asignado un nombre más acorde con su nueva vida, pero no esperaba que yo llegase a ese punto, tampoco estaba seguro de que el resto de mi vida transcurriera en la montaña.

Me sentí halagado y sorprendido por la decisión que había tomado mi maestro, traté de hablarle con él respeto que se merecía, y me atreví a preguntar:

— Y ahora ¿Qué?

El maestro Quan sonrió, inclinó la cabeza hacia un lado y como si estuviera hablando con un niño, me dijo:

—Ahora tendrás que trabajar mucho más y convertirte en una mariposa. Cuando abandones este mundo, tendrás que buscar un gato para unirte a él, como pone al final de ese cuento. De esa manera podrás alcanzar la inmortalidad, y algún día todavía lejano, podrás recuperar tu estado humano.

Estas últimas palabras me dejaron sin poder hablar, por fin conocía la parte del cuento que no había podido descifrar. Continué recordando la canción de mi madre, la seguía viendo sentada en su asiento, mientras hilaba con la rueca, un vellón de lana de nuestras propias ovejas.

No cuestioné la predicción de mi maestro, estaba totalmente convencido de que todo sucedería como él había pronosticado. Dejé de revisar el texto para dirigirme al patio en el que en un momento debería comenzar mis clases de espada. Me costaba hacerles entender que la espada tenía propia, y deberían aprender a permitir que volase. Sonreí y pensé: «Como continue pensando así, voy a terminar creyendo en lo de la mariposa»

Transcurrieron unos años, durante los que trabaje sin descanso para alcanzar más conocimiento, y mi maestro Liu Quan me reveló la manera mediante la que los maestros antiguos transmitían sus enseñanzas a través de una cadena sucesoria, y que debía mantenerse en secreto hasta encontrar un alumno digno de recibirlas. Trataré de transmitir fielmente una parte de lo que me contó, y lo haré con su permiso y su ayuda:

«Nadie conocía su origen, por las gentes que llegó a conocer, supongo que tenía muchos más años de los que pueda imaginar, ahora se que fue el maestro de mi tío, del que conoció su muerte de una manera que para el era normal, pero que cualquier mortal lo trataría como extraordinaria, por no decir que habrá quien diga que se trataba de magia o brujería.

Fue el último de una cadena de grandes maestros, recibiendo de ellos sus enseñanzas, de las que es su guardián hasta que conozcamos una persona a quienes podamos transmitírselas, ese será el momento de la disolución de quien usó el nombre de Liu Quan — El puño que fluye—, ese también será el momento en el que deberé ocupar otro cuerpo, y separarme de mi maestro con el que he pasado tantos años».

Volviendo a esa vida en el monasterio, tenía que llegar el momento de la separación, mi maestro decidió retirarse a la misma cueva elegida por mi al llegar a la montaña, desde aquel momento debía hacerme cargo de las responsabilidades que habían sido las suyas. Fui su sucesor ante el resto de los hermanos, con el beneplácito de todos ellos.

Me había preparado para no manifestar emociones inútiles, y poder enfrentarme a situaciones inesperadas. «Todo sucede por algo»

Eso era lo que siempre repetía mi maestro. Descubrí que, aún habiéndolo aceptado, la despedida resultó mucho más emotiva de lo que hubiera esperado, al habersupuesto que tenía superada la pérdida de un ser querido, de nuevo me enfrentaba a esa situación tan dolorosa y recordé una pregunta que le hice a mi maestro:

— Y ahora ¿Qué?

Su contestación se había quedado grabada en mi mente:

—Ahora tendrás que trabajar mucho más.

Y eso es lo que hice, trabajar para asumir las pérdidas con naturalidad, entre los dos existía un hilo, que nos mantenía unidos a pesar de la distancia. Debía comprender que las personas van y vienen, nada es estable.

Necesitaba meditar sobre ese tema y recordé un antiguo libro que habla de las mutaciones, lo abrí y busqué el apartado que habla de la quietud y el movimiento.

«El verdadero reposo es aquél donde el hombre se detiene, cuando el movimiento se detiene y se mueve cuando ha llegado el momento de moverse. Así el reposo y el movimiento están en armonía con las exigencias del tiempo y entonces se ve nacer la luz y la vida.»

El apartado de la montaña hizo que un sexto sentido me indicase la necesidad de subir a esa montaña para ver a mi maestro, sin dudarlo me dirigí a la cueva en la que se había alojado. Comencé a sentirme mal, me estaba mareando y lo asocié al ascenso, pero no se parecía nada a los síntomas sufridos por la altura.

Desde mi nacimiento estaba habituado a los ascensos rápidos, y en este caso lo hacía con bastante calma. Al llegar a la puerta de la cueva, mi mal se agravaba, en en interior se encontraba el maestro tendido sobre un lecho de hojas secas, me acerqué para acompañarle en lo que creí que se trataba su último momento, me senté junto a él y al verme, agarro mi mano, vi su mirada ausente, y sentí un pequeño desvanecimiento, adentrándome en un estado similar al sueño. Desde su mente fueron pasando a la mía un sinfín de recuerdos y conocimientos. Con su último estertor dijo una sola palabra:

—Adiós.

Su voz comenzó a resonar en mi interior, en el mismo momento en el que mi mano se dirigía a sus ojos para que mis dedos con un suave roce hicieran que sus párpados se cerraran. Ninguna imagen debería interferir en su última mirada, a continuación, escuché:

«Has recibido todo el conocimiento que me transmitieron mis maestros, esto no será lo único que recibas, otros que no conoces, te irán transmitiendo el conocimiento que fueron almacenando, y a tu vez tú elegirás al final de esta vida a quién pasaras lo que has ido adquiriendo.»

Durante un momento, que se me hizo interminable, el silencio ocupó todo mi interior, en ese corto espacio de tiempo pude disfrutar del vacío. Todo había dejado de existir, una suave brisa penetró en la cueva haciendo que sintiera frío, unos pocos copos de nieve se fueron arremolinando en la entrada de la cueva, y la voz se dejó oír nuevamente en mi cerebro:

«Alcanzarás más conocimiento que la mayoría de las personas. Habrá quienes deseen lo que tú tienes y tratarán de causarte daño para conseguirlo. Te encontrarás en peligro en muchas ocasiones, y pondrás en peligro a quien traspases tu conocimiento, teniendo que protegerte tratando de pasar desapercibido. Al final de tu vida te unirás a un gato, hasta que ambos podáis pasar el conocimiento a un hombre. Recuerda que recibiréis también el conocimiento de otros, y necesitaréis estar preparados cuando llegue ese momento. Recuerda que siempre estaré a tu lado».

Desperté al día siguiente, tendido al lado del cuerpo del que había sido Liu Quan, no quise demorarlo más, y lo dispuse todo para sellar la cueva con piedras y barro, tratando de evitar que las alimañas pudieran utilizar aquel cuerpo para su alimento.

Durante la noche había nevado, quedando el suelo cubierto por una capa de nieve, en la que se hundían mis pies, las nubes cada vez más oscuras se aferraban a los picachos de las montañas deseando soltar su pesada carga en cualquier momento. Había perdido bastante tiempo sellando la puerta de la cueva, impidiendo guarecerme, en el caso de que se desatase una tormenta.

Sin pérdida de tiempo, decidí iniciar el descenso, sin tener en cuenta de que hacía más de un día que no había ingerido nada, sabía como utilizar el bastón para evitar salirme del camino o pisar en un agujero y sufrir un accidente.

En el descenso miré tanto al suelo, que me olvidé de que también existía otro peligro por encima de donde me encontraba.

Los árboles estaban cargados de nieve, como pude comprobar al escuchar un chasquido, al pasar por debajo de un viejo pino, que con los años había ido adquiriendo la imagen de un anciano encorvado, el sonido a madera desgajada había sido provocado por el peso de la nieve caída durante la noche pasada, no pude actuar con rapidez, mis pies se encontraban sujetos al suelo, la nieve arremolinada en aquella parte del camino me llegaba a las rodillas. No pude evitar que aquella rama desgajada del pino con todo el peso de la nieve me golpease en la cabeza, sentí el golpe que me introdujo en un agujero negro, lo último que sentí fue la frialdad de la nieve rodeando mi cuerpo,

Desconozco el tiempo que estuve inconsciente, al despertar, me sentí sujeto a algo frío, teniendo que pasar un poco más de tiempo, hasta darme cuenta de que me encontraba enterrado en la nieve, desconocía el tiempo que podría continuar manteniendo esa situación, intenté moverme en medio de la masa helada, y a pesar de la dificultad que entrañaba realizar cualquier pequeño movimiento, pude mover los dedos arañando en aquella pared, hasta que sentí la madera del bastón. La esperanza de poder abrir un agujero, hicieron renacer las energías, lentamente intenté excavar un agujero con el bastón, a pesar de que avanzaba, notaba como iban mermando mis fuerzas, una sensación de bienestar me arrastraba hacia el sueño, luché contra esa sensación tan agradable, necesitaba sentir dolor y mantenerme despierto:

«Necesito abrir un agujero, no puedo quedar dormido»

Conseguí abrir ese pequeño agujero, que permitió la entrada del aire fresco, sentí que mis pulmones se llenaban de aire, pude convertir en agua las partículas de nieve que se habían depositado en mis labios al abrir el agujero, mi mente abotargada decía que necesitaba un descanso. La debilidad hizo que me dejase llevar por el sueño, era la somnolencia más agradable que había sentido, la sensación de bienestar se fue diluyendo, como si se tratase de un extraño vehículo que me alejaba hacia un punto lejano, después de ese extraño viaje, comencé a ver el suelo desde un lugar elevado, un pequeño agujero en la nieve fue empequeñeciéndose, mientras se ampliaba el terreno circundante, lentamente.

Fue ampliándose mi campo de visión, a lo lejos comenzó a marcarse una línea brillante, que ya había visto desde mi observatorio en la cueva. Al recordar la cueva recordé a mi maestro. El viento me azotaba llevándome de un lado a otro, y fui consciente de que el cuerpo de Léi húdié, se encontraba bajo la nieve, yo era tan sólo una pequeña mariposa.

Una nueva ráfaga de viento me arrastró hacia el río, descendía sin rumbo, tratando de alcanzar una nueva corriente favorable que me permitió, dirigirme hacia una zona mucho más cálida, la nieve había quedado en la cumbre de las montañas, allí abajo lucia el sol, que tímidamente, anunciaba el inicio de la primavera. Había olvidado cuando había ingerido la última comida, no tenía importancia. Realmente ya no era Léi húdié, ni tampoco era Liu Quan, era una mariposa con parte de cada uno de ellos. En esta nueva forma de vida no había comido nunca, comprendí que se trataba de un recuerdo guardado de esa vida anterior, y que debía solucionar lo antes posible, mi comida aparecería en el momento oportuno.

Mi nueva mente de mariposa decía que necesitaba encontrar flores frescas para poder saciarme de néctar, continué descendiendo, los colores dejaron de ser una simple masa para convertirse en objetos visibles, hierba, rocas, y otros colores rojos, amarillos y blancos:

—¡Flores!

Pronuncié ese nombre genérico con alegría, en mi nuevo estado era el sinónimo de comida, pude saltar de una flor a la otra, hasta sentirme saciada, ya era el momento de plegar las alas y descansar, poder centrarme en lo que realmente me importaba hacer a partir de ese momento. Debería buscar a ese gato, al que se había referido Liu Quan. Y surgió una pregunta:

—¿Tendré tiempo suficiente para encontrarlo?

Hubiera necesitado que estuviera conmigo mi antiguo maestro, necesitaba la ayuda de sus conocimientos, para que me resolviese todas las dudas que surgían constantemente.

Continuaba pensando como Léi húdié, reí al darme cuenta de que sin ser ninguno de ellos era los dos. Liu Quan, también se encontraba en mi interior, solamente necesitaba sentirlo, y extraer a cada uno de ellos en el momento oportuno. ¿O tal vez tendría que pensar en cómo era yo en ese momento?

Mientras me trataba de adaptar a mi nuevo estado, unos maullidos alborotadores atrajeron mi atención, ilusionado al comprobar la existencia de gatos, y con la esperanza de encontrar a aquel con el que debería unirme, emprendí el vuelo hacia ellos, en su intento de calmar ese momento de euforia, la voz de Liu Quan se apresuró a detenerme:

—No te precipites, observa y espera.

 Revoloteé un poco por encima de ellos, para observarlos a todos. Ocho gatitos apenas recién nacidos, a simple vista hubiera elegido a un cachorro fuerte, tal vez se tratase del primero de la camada, pero me detuve al ver como trataba a sus hermanos, los retiraba de un zarpazo, tratando de evitar que ocupasen un lugar por delante de el que él ocupaba, nuevamente escuché a Liu Quan:

—Demasiada soberbia, no creo que sepa enfrentarse a una dificultad.

Desilusionado, regresé a los macizos de flores, tendría que volar nuevamente y continuar buscando a aquel gato, no sin antes descansar. ¿Quién sabe cuándo podría comer de nuevo? En eso estaba pensando cuando volví a escuchar nuevos maullidos, esta vez se trataba de un solo gatito delgado y mal nutrido, acababa de salir de su madriguera. Debía ser el más pequeño de la camada, vi como comenzaba a jugar entusiasmado al encontrar un paisaje lleno de color.

Me acerqué a él para observarlo, se trataba de un gatito demasiado pequeño, no lo hubiera elegido para unirme a él, pero era el único que quedaba por aquellos lugares, a veces el destino tiene una manera muy extraña de decirnos cuáles son sus preferencias, continué observándolo, me gustó la manera de jugar, medité sobre lo que había oído en sus primeros maullidos, me pareció escuchar que se sentía despreciado, y pese a ello, tenía la capacidad de olvidar y reponerse con rapidez. Para disipar mis dudas, Liu Quan volvió a hablar:

—Ese es tu objetivo, juega con él y vierte un poco de polvo en su hocico, tiene que comenzar a comprender y olvidarse poco a poco de que es un gato común.

Lo vi saltar intentando atraparme, con su corta edad realizaba movimientos similares a los de un gato de pelea, saltaba mediante el impulso de sus patas traseras mientras movía las patas delanteras como si intentase clavar las uñas a un oponente invisible.

La confirmación de que la elección era la acertada, llegó al regresar su madre y sus hermanos, el pequeño gatito, se llevó la reprimenda correspondiente, e inesperadamente fue echado de la camada. Supo sobreponerse a esos duros momentos, comprendiendo que debería comenzar una nueva vida en solitario.

Ese comportamiento hizo que, a pesar de ser tan pequeño, creciese hasta un límite que tan sólo un poco antes hubiera creído imposible.

Todavía necesitaba ver ese mismo comportamiento en una situación más difícil, y si lo superaba sabía que debería estar atento cuando llegase su primera muerte, que sería el momento indicado para realizar nuestra unión. Supo sobreponerse ante lo desconocido, tratando de engañar a un humano a pesar de que era la primera vez que veía a uno de esa especie, era muy joven, un error en el cálculo hizo que el humano lo golpease con el pie, haciéndole caer al agua.

Me entretuve viendo como lo sacaba del río antes de que se ahogase, me retrase un poco creyendo que se encontraba muerto, y no pude llegar a tiempo a su hocico para introducirme por su boca, el esfuerzo realizado con ese fin me agotó, creí que moriría y debería esperar a una nueva vida, tan solo se trataba de un desvanecimiento pero caí al agua del rio que me arrastró, llevándome a la orilla donde pude agarrarme a un junco, ascendí por el hasta conseguir que el sol y el viento secara mis alas, después pude unirme a una colonia de mariposas, con las que he permanecido hasta el momento en el que he podido unirme a mi antiguo amigo, el gato elegido para que comenzáramos una nueva vida.

No quería hacer previsiones de actuación, recordé las advertencias de Liu Quan, deberíamos prepararnos ante los posibles ataques de enemigos desconocidos, y conectar en lo posible con las posibles personas afines, todo ello con el máximo cuidado, para tratar de mantener el anonimato.

Esperarían a que se repusiera Xuěyǔyún, que también tendría que desaparecer dando paso a otro gato distinto. Era el momento de iniciar una nueva vida.

Dos mentes un cuerpo

Cansado de enfados y carreras, dejé de llorar, pensé que no existía ningún motivo para continuar oponiéndome, desde la parte más profunda y oscura de mi mismo, desde lo más profundo de mi ser, apareció un gato demasiado primitivo, de cuya existencia no era consciente, a pesar de tratarse de mí mismo. La ira despertó a todos mis demonios que pugnaban por hacerse con el control, no podían permitir que un advenedizo planeara todos y cada uno de mis movimientos. ¡Era un ser libre! —Pensé— y no dejaría de serlo, por nada ni por nadie.

La voz de aquel duende burlón surgió desde no sé dónde, porque creo que en mi cuerpo no quedaba espacio para albergar a tantos seres extraños:

—Eso se llama soberbia, pequeño gato. So-ber-bia.

El duende burlón desapareció de la misma manera en la que acababa de aparecer, pero no sin haber lanzado una sonora carcajada tan fuerte, que dudé que no se hubiera oído en el exterior.

Afortunadamente no había nadie en el entorno, y pude manifestarme en total libertad. Pronto descubrí que esa tan cacareada libertad, a la que me gustaba recurrir, no existe para los gatos, y tampoco para humanos. A lo largo de mi vida, he llegado a sospechar que desde alguna parte hay alguien con el mucho sentido del humor, moviendo los hilos mientras se reía de mi desesperación, por el empeño de ser yo quien dirigiese mi propia vida.

En ese empeño, tomé decisiones que nunca pudieron llevarse a cabo, debido a que el despótico «Destino» había marcado ya mi camino, optando por corregirme con dureza, cuando trataba de salirme de la línea marcada.

Golpe tras golpe, comprendí que no podía tropezar siempre con la misma pared. Opté por evitar la confrontación con algo que se escapaba a mis razonamientos, convirtiendo aquellos impedimentos en mi estrategia, para hacerlo tuve que echar mano de los recuerdos.

Mi primera pelea con una rata que sin pretenderlo ella fue mi maestra, en ese momento, recordé la manera en que utilizaba la pared, aquello que podía haber sido un impedimento, se convirtió en un trampolín en el que poder tomar impulso para cambiar el ritmo de ese momento.

Comprendí que todo se encontraba en mi interior, debería comprender también cuando se produciría el momento de utilizar cada uno de esos conocimientos.

Sin dejarme continuar con mis elucubraciones, una nueva voz resonó en mi interior:

—Todo es cambiante. Los acontecimientos mantienen su ritmo. ¡Conecta con ese ritmo!

Paulatinamente fue desapareciendo la ira, los demonios de las pasiones se fueron diluyendo, y comenzaron a desaparecer los enfrentamientos con aquellos que consideraba intrusos, pasando a considerarlos como algo más cercano. alguien de la familia.

Tras esa aceptación, mi vida se hizo mucho más placentera, me dediqué a buscar comida y realizar ejercicio para recuperar la elasticidad deteriorada por el periodo de inanición, los momentos de descanso me sirvieron para planear mi vida futura.

Se acercaba el momento de abandonar aquellos parajes de manera definitiva, pedí ayuda a mis dos compañeros internos, para llegar a un entendimiento con ellos, y entre todos, llegamos a la conclusión de que el mejor lugar para pasar desapercibidos sería una gran ciudad.

Y así lo hice. Había asumido que mi vida anterior había quedado atrás, Lula junto nuestros hijos que habían quedado en la casa de la aldea, también la pequeña Mùwén, tan cerca en distancia y tan lejana en el tiempo. Al recordarlos surgió la nostalgia de los momentos felices. «Esos eran otros tiempos, y yo era un gato. Ahora después de tantos años, ya no sé quién soy» y como si fuese algo normal, no me extraño escuchar la voz de mi duende tratando de justificar mi decisión:

—Esa no sería tu vida. Te verían como un gato, y serian infelices al ver tu comportamiento, tan extraño para ellos, no se corresponde con el de los gatos.

Había llegado el momento de partir, y buscar un nuevo lugar para iniciar esa nueva vida, decidí que antes de alejarme definitivamente, debía hacer una visita al lugar en el que había quedado mi hija, observarla desde la distancia, y comprobar el modo en que se había adaptado a un medio tan hostil. El otoño estaba a punto de finalizar, dentro de un poco de tiempo caerían los primeros copos de nieve. Al pensar en la nieve recordé aquella capa blanca que cubría la boca de la entrada de la madriguera, también la había visto en la aldea, y me sorprendió que no me preocupara conocer su nombre. Hice un movimiento con la cabeza y pensé:

—Tan sólo era un gato, esa comprensión se encontraba fuera de mi alcance.

El camino de retorno me resultó desconocido, hasta llegué a pensar que me había equivocado al seguirlo. La vez anterior que lo recorrí estaba viviendo otra vida, en esta nueva vida no había nada en él, que me uniera al pasado.

Al llegar a las inmediaciones del territorio en el que había elegido vivir mi hija, los recuerdos anteriores comenzaron a diluirse, parecía que hubieran pasado muchos años, no había señal de sus habitantes, el olor a gato era viejo, parecía un territorio abandonado, continué adentrándome con más cautela por si encontraba alguno de los depredadores, o algún cazador humano que buscaba pieles de gatos monteses.

Nada más pensarlo se me erizó el pelo, temí por mi hija. La voz trató de tranquilizarme:

—Tu hija sabe cómo actuar, no te preocupes.

Desde mi posición podía ver con toda claridad, la entrada al antiguo agujero que había utilizado por mi madre para guarecerse, parir y pasar el invierno, en el que nací junto a mis ocho hermanos, esperé para cerciorarme de que continuaba deshabitado, era muy raro el abandono — por parte del gato montés— del que había sido su territorio. Llegué a creer que podría haber aparecido un depredador más fuerte que lo había obligado a trasladarse a otro lado, buscando un lugar con menos competidores.

Opté por acercarme un poco más, conocía un pequeño lugar resguardado de las miradas, desde el que podía observar con mayor comodidad la entrada a la cueva. Me trasladé con mucho cuidado para no ser descubierto, no tardé mucho tiempo en ver aparecer a mi pequeña Mùwén, acompañada de sus retoños, me quedé embobado mirándolos, los seguí con la mirada hasta verlos entrar en la cueva.

Podía retirarme con la satisfacción de haberlos visto bien, satisfecho de que mi hija había sabido desenvolverse en aquel medio, no vi al gato montés, pero por el pelaje de alguno de los pequeños deduje que era de color pardo con unas rayas en la cola, vi una gatita blanca, y sentí unos pequeños vestigios de nostalgia.

Absorto en los recuerdos traté de dirigirme hacia un grupo de arbustos que servirían de cortina que me ocultase de la línea de visión de la cueva. Me sorprendió escuchar un suave maullido justo a mi lado, miré hacia el lugar por donde llegaba el maullidito, además de sorpresa surgieron un sinfín de emociones. Ante mí se encontraba un pequeño gatito con mi misma imagen.

Me sorprendió su parecido con migo, así debía de haber sido yo a su edad, se trataba de un auténtico Xuěyǔyún, —Nube y Nieve— se acercó hasta donde me encontraba y como si comprendiera el vínculo que nos unía, frotó su lomo con mis patas, esperando que lamiera el pelo de su cuello, y en ese momento surgió algo inesperado, sentí calor en mi paladar, en el lugar que la mariposa había dejado su impronta, rugí de una manera extraña, de manera automática eché mi aliento en la cara de aquel gatito, que no se asustó al recibirlo, di media vuelta y sin temor a ser visto me dirigí hacia el grupo de arbustos, había merecido la pena la visita, y pensé con alegría:

«Esperemos que en alguna vida volvamos a encontrarnos»

Mientras nos separábamos, vi cómo se extendía entre ambos un fino hilo que se volvía invisible, y escuché un lejano maullido de despedida.

5 Quinto cuaderno

Ya han pasado unos meses desde que comencé la transcripción de estos cuadernos, los recuerdos se vuelven confusos, mientras continúo tratando descubrir la línea delgada entre realidad e imaginación.

Hay momentos en los que dudo que se tratase de un solo gato, debido a sus múltiples facetas; y nuevamente los recuerdos me trasladan a esa misma edad en la que escribí este quinto cuaderno.

Como si me tratase de un espectador tras una nebulosa, un gato se va acercando con lentitud hacia la cocina de leña, en la que el vapor sale con fuerza por el borde de la tapa de un puchero de color rojo.

Un salto perfecto hace que se pose con suavidad en la chapa caliente, con una de sus patas levanta la tapa del recipiente introduciendo la otra en el líquido hirviendo, extrayendo un trozo de carne del cocido.

Sonrío al recordarlo, enciendo el ordenador dispuesto a continuar con el nuevo cuaderno.

¿Sería ese gato el auténtico Ninu de los cuadernos?

Mi quinta vida

Dirigí mis pasos hacia el valle contento por haberme encontrado con aquel gatito, que tanto me recordaba a mi a esa misma edad. No importaba a donde me dirigía, ni el tiempo que durase el viaje, con total despreocupación me di cuenta de que mi soledad no era real, en aquel momento me sentía muy acompañado.

Transcurrió el tiempo, atravesé aldeas, casas de postas, y granjas, me detuve en ellas el tiempo necesario para comer, y conocer el comportamiento de los humanos. En todos estos lugares encontré la comida necesaria para continuar el camino, mientras tanto me fui acostumbrando a la vida de un vagabundo.

Más adelante coincidí con una compañía de soldados pertenecientes a la caballería imperial, que regresaba de una misión, y se dirigía hacia la capital. Creí que podrían ser el vehículo idóneo para entrar en la ciudad.

Los seguí a distancia y en la primera parada que hicieron, me dejé llevar por el impulso de acercarme a ellos, considerando que se trataba de una buena ocasión para tener un primer contacto con aquellos humanos, observé cómo actuaban, y aproveché el momento que consideraba favorable, mientras preparaban el fuego, y colocaban unos grandes trípodes para colgar de ellos un gran caldero, dejé que aquella gran olla comenzara a humear, y cuando las llamas se fueron extinguiendo y vi que aquellos soldados se dirigían para llenar unos recipientes con el contenido del recipiente, puse mi imagen más cautivadora y confiada, me dirigí a ellos como si tuviera la costumbre de hacerlo todos los días, mi paso era lento, con la cola formando una curva perfecta, dando la imagen de un gato descaradamente pedigüeño, que se acercaba en espera de recibir algo de comida a cuantos peregrinos u otras gentes transitasen por aquel camino.

Comenzaron las risas de aquellos hombres, que me señalaban asombrados por mi atrevimiento. Desconocían que quien me dirigía era Léi húdié, un hombre acostumbrado a la vida de campamento, me senté ante un joven bien parecido, que le vi reír con más ganas, deduciendo que le resultaba gracioso, hasta el punto de tener que limpiarse las lágrimas,

Me senté ante él y mirándolo fijamente le hice sentir que necesitaba comida, me miró, y tomando un pedazo de carne del gran caldero colocado en el fuego, me lo tiró creyendo que caería al suelo. Salté en el momento en que se acercaba aquella carne, atrapándola en el aire, y seguidamente tratando de mostrar desconfianza, me dirigí a un lugar algo distante para comerlo con mayor tranquilidad.

Hice lo que se esperaba que debe hacer un gato entrenado para cazar, esto gusto a los soldados, y el autor del lanzamiento dijo sonriendo:

—Me gusta este gato, so lo llevaré a mi hijo para que juegue con él.

Los demás lo miraron y comenzaron a exponer sus dudas:

—No creo que puedas atraparlo. Es un gato demasiado listo.

Todos rieron y comenzaron a bromear con aquel soldado que pretendía llevarme a su casa, me quedé mirándolo, tratando de conocerlo mejor, descubriendo que se trataba de un oficial joven, en aquel momento, Léi húdié me decía que tal vez se trataba de su primer servicio como oficial, había algo en él que me agradaba, pensé que sería una buena oportunidad para iniciar mi nueva vida en Beijing. Terminé de comer el pedazo de carne, y poco a poco me dirigí hacia aquel oficial, al llegar a su lado, hice lo que resultó más incomprensible para ellos, di un salto muy medido, cayendo encima de sus piernas.

Hubo comentarios de todo tipo, unos rieron y otros se encontraban asombrados, pero las palabras más repetidas eran:

—Yang, recuerda que es un gato muy inteligente.

El oficial acarició mi lomo, y capté el motivo por el que lo había elegido, estaba pensando en su hijo, un niño con dificultades en el aprendizaje, en la mente del joven oficial, todavía permanecía una conversación con su también joven esposa, lamentándose por el futuro que esperaba a su hijo, ya que debido a esa dificultad no podría ocupar un puesto de secretario en el despacho de algún ministro, o pertenecer al ejército.

Puse atención él las palabras que comenzó a pronunciar el oficial:

—No es un gato normal, es un nube y nieve, se trata de un gato de la suerte. Mi hijo le pondrá un nombre. —Y seguidamente continuó diciendo— Ya hemos perdido bastante tiempo, limpiad todo como si no hubiéramos acampado y continuemos el viaje. El ministro de la Izquierda espera nuestras noticias.

Todos obedecieron como si se tratase de una máquina bien engrasada. Al anochecer estábamos acercándonos a Beijing, por la puerta norte. Antes de hablar con el ministro, el oficial se acercó a su casa en un barrio destinado a viviendas para funcionarios de grado medio. Al llegar, me puso en manos de una sirvienta anciana, con la orden de dejarme en el recinto preparado como mi alojamiento, el tenía que acudir sin demora al despacho del ministro de la Izquierda, en la Ciudad Imperial.

Al día siguiente al de mi llegada, conocí a Kun, un niño de seis años, bastante desgarbado, hablaba con dificultad, al verme se puso muy contento, su madre, una joven muy bella, lo miraba con un amor no carente de pena.

Vi la alegría en los ojos del niño al verme, permití que me acariciase y me cogiera en sus brazos, su corazón latía con fuerza. Hablaba con el pensamiento mucho antes que, con su boca, permitiendo que me diera cuenta de que su retraso oral no tenía nada que ver con algún tipo de retraso mental, y comenzamos nuestra conversación:

—Kun, no te asustes soy tu amigo

— ¡Es mi amigo!

El niño balbuceaba alborozado, haciendo que su madre riera al verlo tan contento, según pude comprobar después, hacía ya bastantes días que en esa casa reinaba la tristeza, Kun había tenido una de sus frecuentes crisis, lo atendía un viejo médico que aparecía la mayoría de las mañanas. Aquel día fue a visitarlo, en el momento en que Kun se encontraba conmigo en los brazos, lo acompañaba la vieja sirvienta, el doctor al ver al niño tan contento, exclamó:

—¡Bendito sea Shennong[6]!

Al ver a su médico, Kun se dirigió hacia él muy contento, sin parar de gritar:

—Mira doctor Shui, es mi amigo.

---

[6] Antiguo dios chino de la medicina

El doctor Shui, se quedó mirándome con excesiva fijación, aquello me puso en guardia. No se trataba de un vulgar médico para una población de funcionarios, desvíe como pude la mirada, tratando de evitar que sin proponérselo pudiera ahondar en mi mente. Más adelante pude comprobar que intentaba comprobar la capacidad de ciertos animales para captar el pensamiento humano, con el que intentaba transmitir órdenes sencillas. Desistió de realizar su experimento al ver que no le prestaba atención, y le dijo al niño:

—Bien, bien jovencito ya veo que estás contento, ¿a quien tenemos aquí?

—Es Péngyǒu[7], es mío, lo trajo mi papá.

Tanto a su madre como al doctor, les sorprendió escuchar de la boca de Kun, toda una frase seguida, y mucho más comprensible que en todos los años pasados desde que comenzara a balbucear las primeras palabras, los adultos se miraron entre sí, pero fue la madre la que habló:

—Deseo que llegue mi esposo esta noche, para contarle este milagro.

El doctor Shui, quedó un momento pensativo, después hizo una petición:

—No debemos precipitarnos creyendo que se trata de una mejoría estable. Les pido permiso a su esposo y a usted, para que me permitan traer a un colega prestigioso para estudiar el caso de su hijo, y ver si podemos acelerar su mejoría, que con toda seguridad espero que podamos realizar.

La petición fue aceptada inmediatamente por parte de la madre, y me sentí contento de que lo hubiera hecho, creí que

---

[7] Amigo

sería interesante observar el comportamiento de ambos médicos. Aunque desconocía si me sería de utilidad en algún momento, mi intuición de gato y el interés despertado en mi parte humana, provocaron el deseo de estar presente en aquella charla entre ambos estudiosos de la medicina.

Transcurrieron dos días más, en los que permanecí contentamente al lado de Kun, procurando entretenerlo con juegos y saltos. El niño se movía torpemente alborozado, con la consiguiente alegría por parte de sus padres que vieron como el niño accedía a salir a jugar al patio de la casa.

Kun se sentía cada vez más contento, gritaba y comenzaba a hablar con mayor soltura, aunque todavía farfullaba algunas palabras que le resultaban más difíciles de pronunciar, esta ligera mejoría llegó acompañada de una mejor aceptación de las comidas, comenzando a interesarse por las frutas y las verduras.

Al tercer día llamó a la puerta un criado del doctor Shui, para notificar a los padres de Kun que deberían reunirse en casa del médico, hizo hincapié de que debían acudir a la cita, a la hora de la cabra. El mensajero repitió un par de veces que el doctor les rogaba que fueran puntuales, porque su colega tenía otra reunión a la hora del gallo con otras personas importantes, y no podía retrasarse. Para que comprendiesen la importancia de la puntualidad, terminó diciendo que la siguiente reunión se realizaría en la Ciudad Prohibida, Al escuchar la importancia que debía tener aquella segunda reunión, se inclinaron ante el mensajero y fue el dueño de la casa quien contestó para dar las gracias:

—Transmite nuestro agradecimiento a los doctores. Seremos puntuales.

Conocía el lugar y la hora de la consulta médica, lo más difícil para mi se trataba en ser admitido entre los asistentes, tenia apariencia de gato, me comportaba como un gato, por tanto, para todos los humanos era un gato, o lo que es lo mismo que un animal sin mucha importancia, en el mejor de los casos, una mascota de compañía.

La voz de mi duende no tardó en acudir en mi ayuda:

—Eres un gato de compañía, y esa será tu coartada para acompañar a Kun.

Me gustó la idea, conocía el cariño que me había tomado el niño en el corto tiempo en el que llevaba en la casa, y comencé mi trabajo para que fuera él quien se lo pidiera a sus padres, durante toda la mañana fui el gato más encantador que se había visto nunca, mantuve constantemente esa conexión especial que se había creado entre los dos, para «sugerirle» que sería bueno que le acompañase a ver al doctor.

No estaba muy seguro de que Kun hiciera caso a mis sugerencias, —si hay alguien imprevisible, ese es un niño— pero me sorprendió al ver que se acercaba a su padre:

—Quiero que Péngyǒu nos acompañe a ver al doctor.

Yang, se nos quedó mirando a los dos con aire burlón, acercó un dedo a la comisura de la boca, fingiendo que debía pensarlo, y conteniendo la risa con testó con un sonoro:

—¡De acuerdo! —después se dirigió a mi para decirme— Vamos a dejar las cosas claras ladronzuelo, como no sepas comportarte debidamente, te cortaré las orejas y te afeitaré los bigotes.

Con un suave maullido le di a entender que sería un gato bueno, y me quedé pensativo:

«¿Sospecharía que no era un gato como los demás?»

Un encuentro inesperado

Llegamos a la casa del doctor Shui, y comenzaron los problemas, abrió la puerta una sirvienta anciana, detrás de ella pude ver la cabeza de un perro de morro alargado.

Retrocedí en el tiempo hasta la cabaña del viejo Cheng Yu —el primer humano a quien conocí—. «¿Se trataría del mismo perro?» Al recordar aquel momento, comencé a temblar, mi cabeza trataba de pensar con rapidez, y para crear más presión, comenzó a hablar mi duende burlón:

—Con toda seguridad, su dueño estará cerca.

Al ver Qiang, al perro, intuyó que podía avecinarse una situación peligrosa, rápidamente se acercó a su hijo, pidiéndole que le permitiera cogerme en sus brazos para protegerme del posible peligro. Me puse tenso por si tenía que enfrentarme a ese desconocido, que podía ser peligroso. La voz de Liu Quan resonó lejana en mi mente:

—Ocúltate

No podía echar en saco roto, el aviso de alguien tan parco en palabras, traté por todos los medios de pasar desapercibido, miré hacia aquel perro sin hacerlo de manera que se sintiese agredido, y comprendí la palabra de aviso de Liu Quan. Envalentonado al sentirme protegido por Qiang, traté de introducir en su mente mensajes de calma. No tardé en descubrir mi error al no seguir las indicaciones del maestro.

Continué observándolo, por si no se trataba del mismo perro, aunque tenía la apariencia de perro, en realidad no se trataba de ese animal, o al menos no en su totalidad. En él se escondía un zorro, probablemente se trataba de un cruce entre perro y zorro.

Nuevamente se erizó mi pelo del cogote, al sentirlo Qiang me sujetó con más fuerza sobre su pecho, y leí su pensamiento:

—Tranquilo, no te hará nada.

Las palabras de mi protector no llegaron a tranquilizarme, sentí un tirón en la frente, procedente de la mente de aquel ser, perro o zorro, o lo que fuese. En ese momento comenzamos una conversación:

—Creo que ya nos habíamos visto.

Me sorprendió ver que, nuevamente, aparecía aquel gato callejero que no rehuía una buena pelea, y contesté:

—Es posible, pero no lo recuerdo. Mi nombre es Péngyǒu, y soy un gato de compañía.

Mi contestación no contentó al perro que replicó de manera burlona:

—Si... y yo soy un Chow Chow.

Después de esta presentación, a pesar de su tono jocoso, estaba tomando tintes demasiado trágicos. Sin que mi oponente se lo notase, comencé a recibir información, y tomé la palabra:

—Ya veo que en ti se encuentra el espíritu de Huli jing[8], espero que sepamos comportarnos ante estos humanos.

---

[8] El zorro mágico de nueve colas.

Su mirada zorruna se iluminó antes de hacerme una propuesta:

—Si unimos nuestras fuerzas, nadie sería capaz de oponerse a nuestros deseos, pero si decides no hacerlo, sería mejor que no volvamos a encontrarnos.

La aparición de los facultativos evitó que la conversación derivase en una disputa más grave, intranquilizándome mucho más al ver que el colega del doctor Shui, era el mismo Leng Feng que había intentado comprarme en la aldea.

Me encogí un poco más, Quiang interpretó que lo hacía debido al miedo, y me cubrió con su capa.

Los médicos no repararon en mí, enzarzados en una la discusión sobre los síntomas del niño, volvieron a observarlo, preguntaron a sus padres por la última mejoría observada, después de realizar una nueva observación, discutieron sobre la posible causa de ese mal tan desconocido, Leng Feng levantó el dedo índice de su mano derecha y con ademán solemne, dio su diagnóstico:

—Es beri beri,

Se trataba de una enfermedad muy poco conocida, para la mayoría de los médicos, aunque no para Leng Feng, que pidió pincel, tinta y papel y garabateó los medicamentos y comidas necesarias añadiendo poco después:

—Si siguen estas indicaciones, se habrá repuesto antes de llegar a los diez años,

A pesar de tratarse de un plazo largo, le dieron las gracias y preguntaron por el importe antes de despedirse.

El médico sonrió de manera enigmática y dirigiéndose a Qiang contestó:

—Se trata de un favor, eres un militar con una carrera prometedora, en algún momento me devolverás este favor. Tal vez antes de lo que crees.

Sin esperar respuesta el anciano médico se dirigió hacia la puerta de la casa, seguido del perro que sonrió al pasar ante Qiang, que se mantuvo impasible, tan solo mostró su ira por una pequeña tensión producida al encajar fuertemente los maxilares.

Tomo a su hijo de la mano y mirando a su esposa le dijo:

—Volvemos a nuestra casa.

Repuesto de ese momento de ira, se inclinó ante el doctor Shui, para despedirse de él.

Yang Qiang Zu

Desde que el joven oficial Yang Qiang Zu, decidió llevarme a su casa, intenté comprender el motivo, si bien era en apariencia lo hizo para que sirviera de mascota a su hijo, su comportamiento me hizo sospechar que no se trataba de un humano corriente, o al menos no como los que había encontrado a lo largo de mis vidas pasadas.

A la salida de la casa del doctor Shui, analicé el comportamiento de Qiang, y su intento de protegerme ante la inesperada aparición de ese perro poseído por el espíritu de Huli jing, el zorro de nueve colas, dispuesto a obtener el dominio de todo el universo.

Comprendía su reacción, ante el insulto velado recibido de Leng Feng. En el corto espacio de tiempo que había permanecido en su casa, comprobé que Qiang era un militar que se regía por el código del honor del guerrero, y me sentí seguro junto a él. Me acurruqué junto a su pecho, y agazapado entre sus brazos pude escuchar la conversación que mantenía con su esposa:

—Tengo que ver al ministro de la izquierda lo antes posible, pero antes debo llegar hasta la Ciudad Imperial, para presentarme ante el general Huang Tian, y comunicarle lo que he descubierto.

Wen Xiao, su esposa, tomó de la mano al niño, y de dijo con voz suave:

—Ten mucho cuidado, tu trabajo es muy peligroso, pero cuando la política, anda por medio, puede ser mortal.

—No te preocupes esposa, soy un soldado y me debo al emperador.

Al escuchar la conversación, deduje que lo ocurrido con el doctor y la la visita que Qiang pretendía hacerle al general del norte, tenían algo en común. Mi intuición decía que sería bueno saber de qué se trataba todo aquello.

La única manera de conseguirlo era estar presente. Si creía difícil poder entrar en la Ciudad Imperial, hacerlo en la Ciudad Prohibida, resultaba totalmente imposible.El duende burlón que me acompañaba no perdió la ocasión de mostrarse mordaz:

—No creerás van a enviarte un lacayo con la invitación, y el ruego de tu inestimable asistencia. — escuché nuevamente su risa, y continuó—Si te decides ya, no has aprendido nada.

Me molestó el comentario, pero tuve que reconocer que el duende tenía razón, tendría que idear un plan para estar presente en aquella reunión.

No tenía práctica en aquel tipo de situaciones. No lo dudé y pedí ayuda a los dos seres que llevaba en mi interior.

La respuesta vino del maestro Liu Quan:

—No sigas a Qiang, tu objetivo es encontrar la reunión del médico, podrás encontrarlo siguiendo a su perro, para saber donde se encuentra, busca el espíritu de Huli jing.

Comenzaba la hora del mono, al llegar a la casa, ya de vuelta de la consulta del doctor, salté al suelo desde los brazos de Qiang, que se dirigió a sus aposentos, para cambiar su atuendo por el uniforme propio de su rango militar, ayudado por su esposa, se ciñó su espada jian.

Aproveche ese momento para salir de la casa sin ser visto, me dirigí hacia la cuadra, con la convicción de que Qiang, se dirigiría a la reunión con el general, a lomos de su caballo, después trataría de seguirlo para poder atravesar la puerta de entrada a la Ciudad Imperial, así como la de la Ciudad Prohibida, podría pasar desapercibido si lo hacía entre las patas del caballo.

No tuve que esperar mucho tiempo, hasta ver aparecer a Qiang en compañía de Xiao, su esposa, manteniendo una conversación en voz suficientemente baja, para evitar ser escuchados por algún oído indiscreto, debido a mi oído más desarrollado que el de los humanos, pude escuchar su conversación:

—Si no he regresado para la hora del tigre, se deberá a que la conspiración habrá tenido éxito. Coge a Kun y a los criados, vestíos de peregrinos y marchad hasta el monte Wutai, presentaos a mi maestro Fēngkuáng y le pedís santuario. —Dejó de hablar, sacó un papel de la bolsa y lo puso en la mano de su esposa, y continuó— Entrégale esta nota, él sabrá cómo actuar.

Seguidamente, se dirigió hacia su caballo que golpeaba con impaciencia el suelo con el casco de una de sus patas delanteras, resopló al ver a su dueño, cabeceando mientras se le acercaba, hasta buscar con su hocico, las manos de Qiang, esperando recibir su esperado regalo.

Mientras que el oficial ensillaba a su caballo, me dirigí hacia la salida de la residencia, y esperé en las sombras para salir en el momento de que se abriese la puerta.

Un alquimista en la ciudad prohibida

Seguí al caballo hasta los muros de la Ciudad Imperial, atravesé la puerta en un momento de distracción de los soldados de guardia, que se preocupaban más por pedir las credenciales de un grupo de nobles que se dirigían hacia algún lugar desconocido, que de un insignificante gato que se mezclaba entre las sombras para pasar desapercibido.

Esperé un rato para que se alejase aquel grupo, que marchaba en silencio provistos de faroles, desde lejos daban la apariencia de una columna de luciérnagas.

Acababa de traspasar la segunda puerta, me dirigí hacia un puente sobre un río de aguas doradas, ocultándome al lado una gran estatua de un ave fénix, a pesar del miedo que a mi parte de gato le producía aquel animal tan terrorífico, permanecí oculto, en una zona en la que podía mantenerme fuera de la luz de la luna, que iluminaba una gran extensión de aquella gran plaza. La ausencia de árboles no favorecía mi avance.

Antes de adentrarme más por aquella extensión, debía comprobar el lugar exacto donde se celebraría la reunión, y me lamenté de no haber seguido a aquel grupo de nobles provistos de faroles. Seguramente se dirigían a esa misma reunión. De nada servían las lamentaciones, y me ceñí al plan trazado con anterioridad. Durante un rato traté de encontrar al perro, que debía servirme de guía, tras unos nuevos intentos pude conseguirlo.

Sentí un tirón en la frente, la luna también hizo su trabajo, iluminando tenuemente a una fina linea que se perdía en la distancia. Si deseaba saber hacia dónde me conduciría, debería seguirla con calma y atravesar la plaza a la vista de cualquier observador.

Con mucho cuidado fui atravesando el espacio vacío hasta llegar a una escalinata flanqueada por dos leones, pudiendo ver desde el punto en el que me encontraba, a los soldados de la guardia que custodiaban la puerta de acceso al palacio imperial. Se me encogió el estómago, había llegado hasta aquel punto sin tener la posibilidad de alcanzar mi destino, pensé que al menos podía haber pasado inadvertido entre el grupo que me precedía.

Continuaba sintiendo el tirón en la frente, volví a mirar al espacio iluminado por la luna, apareciendo nuevamente aquella línea grisácea que se dirigía hacia el oeste, como si se tratase de una señal, la seguí hasta llegar a una puerta pequeña, que se encontraba entreabierta, como si esperasen la llegada de algún asistente a la reunión, me figuré que no era yo aquel a quien estaban esperando, y tomé mis precauciones antes de entrar, para no llevarme alguna sorpresa inesperada.

La puerta ligeramente abierta hizo que me apresurase a entrar, una especie de pasillo permitía acceder a un almacén de planta rectangular, me agazapé detrás de unos jarrones, al escuchar unas voces recitando unas letanías, con una cadencia que podía llegar a inducirme al sueño.

Asomé la cabeza por detrás del jarrón, hasta llegar a ver al grupo de recitadores, dispuestos en círculo, en el centro de ellos los dirigía un hombre alto, delgado, revestido con amplios ropajes dorados y tocado con un extraño gorro, contestaba al grupo de recitadores alargando los últimos sonidos de su letanía. Asus píes se encontraba tendido el perro, con el que me había reencontrado en la consulta del doctor Shui.

En una mesa se encontraban tendidos dos hombres desnudos de manera que sus cráneos se encontraban enfrentados, unidos por una serie de tubos transparentes. Me dieron ganas de salir de mi escondite y acercarme, para ver con más claridad lo que estaba sucediendo. De uno de los cráneos salía un líquido ambarino que se depositaba en una ampolla de vidrio, puesta sobre unos carbones incandescentes, haciéndola entrar en ebullición, tras esta operación, el líquido adquiría un color rojo muy brillante.

Reconocí al mismo médico anciano Leng Feng, que había visto en la consulta del doctor Shui, en la persona revestida con ropajes dorados que ejercía como maestro de ceremonias. Desde mi interior el maestro Liu Quan, comenzó a explicarme lo que estaba viendo:

—Es una reunión secreta de los Qiú Zhēn Zhě. Tratan de alcanzar conocimiento y poder, utilizando un extraño método alquímico.

La explicación del maestro Quan, hizo que prestase más atención en los detalles de aquella extraña ceremonia, y comprendí que lo que pretendían era extraer el espíritu de uno de los hombres tendidos y traspasarlo al otro.

Comencé a temblar, al descubrir que eso mismo era lo que me había pasado, el espíritu de dos personas se encontraba en mi interior, sin la necesidad de utilizar aquellos método. Nuevamente Liu Quan comenzó a hablar:

—Lo que te ha sucedido, es producto del destino, o de los dioses, o lo que desees creer. Ellos quieren ser ese destino, el que dirija todo el mundo, este experimento lo hacen con el Primer Primer Ministro, que deberá asumir los poderes del emperador.

Comprendí lo que me estaba diciendo, y comprendí las prisas de Qiang, para tratar de evitar el golpe de estado contra el emperador. Con toda seguridad habría generales implicados. De ahí la necesidad de la intervención del general del norte, con todo su ejército.

Alguien entró por la puerta, un hombre que, por su atuendo, se trataba de un funcionario de alto nivel, se acercó a uno de los asistentes, y comenzaron todos los asistentes a alarmarse, preguntas, cuchicheos, y nerviosismo, conversaciones y ordenes que fueron transmitiendo de unos a otros, el oficiante dejó de salmodiar, preparándose para dirigirse con rapidez hacia una pequeña puerta al fondo del almacén.

El perro se puso rápidamente en pie, dirigiendo su mirada hacia la puerta de entrada, al verme fuera de mi escondite gruñó con furia, mientras me amenazaba:

—Se quien eres, aunque sea en otra vida nos encontraremos, y acabaré contigo.

Después se dirigió hacia la puerta por la que había salido su amo, y comenzó la desbandada, al mismo tiempo entraban unos soldados al mando de Qiang, que con las armas en la mano golpearon a quienes intentaban escapar.

Sobre las brasas, la ampolla comenzaba a brincar debido a la ebullición, hasta que se produjo una explosión.

Sentí un golpe fuerte en la cabeza, y un dolor muy fuerte en el pecho, caí al suelo introduciéndome en un lugar de completa oscuridad.

Gritos a mi alrededor, la voz de Quiang no dejaba de hacer preguntas:

—Despierta. ¿Te encuentras bien?

6 Sexto cuaderno

Necesito descansar antes de iniciar esta jornada, para transcribir un nuevo cuaderno. Paso la mano por los cinco anteriores, tratando de reafirmarme sobre la veracidad de su contenido, a pesar de las dudas creo que debo concluir con la transcripción.

Se trata de una historia curiosa, una nueva idea comienza a asentarse en mi cerebro, reviso lo ya escrito para madurar la idea: «Podría publicar un libro con todo esto»

Muevo la cabeza realizando un gesto de escepticismo, y sonriendo, tomo del extremo de la mesa un nuevo cuaderno de tapas negras de hule, para comenzar su transcripción. Todavía recuerdo aquel cuaderno con el canto coloreado de rojo, pero no recuerdo haberlo utilizado para escribir los relatos dictados por el gato. abro el cuaderno y leo el mismo título que en los anteriores, en la primera línea, seguido de otra en la que leí, mi vida número seis.

La sorpresa se produce al ver el resto de las páginas en blanco. No recuerdo el motivo por el que no continué escribiendo. Tampoco recuerdo que pasó con aquel gato.

Dejo el cuaderno sobre la mesa, necesito respirar profundamente, siento pesadez de estómago, y después un dolor fuerte en el pecho, me golpeo al caer al suelo, y me introduzco en la oscuridad más absoluta.

Voces a mi alrededor, que tratan de contarme sus problemas. Necesito descansar, me duele mucho la cabeza, una voz más fuerte que las anteriores se empeña en hacer preguntas:

—¿Cómo te encuentras? —Y repite la pregunta—¿Te encuentras bien?

Una explosión, el gato caído en el suelo, ¿Porqué hace tantas preguntas Qiang?

Otras voces nuevas hablan entre sí:

—Está despertando, ha tenido suerte.

Los párpados pesan como si estuvieran cargados de plomo, un esfuerzo más miró a mi alrededor. Lo primero que veo es una bolsa grande, de color oscuro, que pende sobre mi cabeza, colgada de un palo metálico.

Nuevamente oigo la voz de Qiang, miro hacia el lugar en el que debía encontrarse la persona que había hablado, y me sorprendo al ver a un médico con el traje verde propio del quirófano:

—Ha tenido un infarto, hemos tenido que practicarle una pequeña intervención. Esa bolsa que ha visto es un vasodilatador. Le dolerá la cabeza, pero es necesario para su seguridad. Si necesita algún calmante no dudé en pedírselo a la enfermera.

Me encuentro cargado de tubos que me unen a bolsas de plástico llenas de sueros y calmantes, el pecho con parches que me unen a través de cables con unas pantallas que no dejan de pitar si intento hacer algún movimiento algo más brusco de lo permitido.

Todavía permanece en mi recuerdo otros tubos y un líquido rojo en una ampolla de vidrio, después una explosión borra los recuerdos, brillando en la oscuridad una sola pregunta:

—Mis cuadernos... ¿Dónde están mis cuadernos?

Una mirada al entorno me permite ver una habitación que más parece un búnker, frente a mi cama una ventana que no da a ninguna parte, —es decir— permite ver una gran pared de hormigón, en la que trato de encontrar los cambios de luminosidad para adivinar el transcurso de las horas del día.

Un momento de duermevela, y surgen nuevamente las voces que tratan de relatarme sus desdichas. Los párpados se niegan a cerrarse, los ojos permanecen fijos en el cristal de la ventana, por la que intenta penetrar una mariposa que se cubre con un paraguas tapándose de la lluvia que moja el cristal.

El sueño trata de dominarme nuevamente, aprovechando las voces molestas para intentar hablarme nuevamente, tratando de evitarlo, dirijo la mirada a la amplia cristalera que ejerce de separación con el pasillo, iluminado tenuemente, por unos focos de luz un tanto amarillenta, que actúan de vigilantes ampliando las sombras que emiten quienes se acercan por ese pasillo.

Los párpados pesan alargando más si cabe esas sombras del pasillo, unos pasos resuenan con fuerza, para multiplicar su intensidad en mi cerebro, dilatado por el contenido de esa oscura bolsa.

El pasillo se llena de color, miro fijamente a la cristalera y tengo que incorporarme un poco en la cama para ver pasar a una gata blanca, vestida con abrigo y bufanda de color naranja, tocada con un gorrito del mismo color, miro sus pies que lleva enfundados en unas pequeñas botas blancas adornadas por caras negras. Me mira fijamente, sonríe y desaparece por el fondo del pasillo.

«Necesito dormir. La maldita bolsa va a volverme loco»

Nueva vida

Con el informe médico en el bolsillo, hago una señal al primer taxi que se acerca a la puerta del hospital, me acomodo en el asiento trasero, escucho la voz del taxista:

—¿Adonde lo llevó?

La voz me resulta conocida, miro la cara del conductor, no puedo creerlo, desaparece el taxi para convertirse en la consulta del doctor Shui. La misma cara afilada y la mirada penetrante, del viejo médico Leng Feng, que sonríe malévolamente.

La voz del taxista suena de nuevo, permitiendo que se acabe aquella locura:

—Ya hemos llegado.

Miro el taxímetro y le abono el importe de la carrera, al hacerlo me fijo en el zorro de nueve colas que lleva sujeto al salpicadero, moviendo la cabeza.

Al apearme creo escuchar el sonido de una risa sarcástica. Sin poder evitarlo digo entre dientes:

— Huli jing.

Ya en mi casa, busco los cuadernos inútilmente, como si nunca hubieran existido. Me siento, abatido creyendo que mi memoria comienza a fallar. Trato de hacer memoria: «¿Fui a recogerlos a la casa del pueblo, o lo he soñado?»

Una voz interna, me dice de manera un tanto airada:

—Llama al ayuntamiento de tu pueblo, tal vez te digan algo.

Hago la llamada. Suena una voz conocida al otro lado, me identifico y seguidamente le pregunto:

—¿Cuándo demolerán mi casa?

La respuesta me llena de confusión:

—Se demolió el año pasado. Ya le avisamos y nos dijo que no podía venir. Por si le interesa solamente había un viejo baúl de libros carcomidos, y una carpeta con dos cuadernos. Eso último lo seguimos guardando, para cuando pueda venir a recogerlos.

La voz de mi duende habla entre risas:

—Todavía quedan dos vidas.

Tic tac... tictac... tictac... como si se tratase de un metrónomo, el brazo del gato de la suerte subía y bajaba rítmicamente, mirándome con una sonrisa burlona desde lo alto de la librería. Sonrío al ver a su lado los cinco cuadernos que tanto había estado buscando.

«Tendré que volver al pueblo para buscar esa carpeta, y transcribir esos últimos cuadernos si es que Ninu los pudo dictar antes de alcanzar el final de su última vida.